COLLECTION FOLIO

Jean Giono

Le grand troupeau

Gallimard

© *Éditions Gallimard, 1931.*

PREMIÈRE PARTIE

A UN HOMME MORT
ET A UNE FEMME VIVANTE

ELLE MANGERA VOS BÉLIERS,
VOS BREBIS ET VOS MOISSONS

La nuit d'avant, on avait vu le grand départ de tous les hommes. C'était une épaisse nuit d'août qui sentait le blé et la sueur de cheval. Les attelages étaient là dans la cour de la gare. Les gros traîneurs de charrues on les avait attachés dans les brancards des charrettes et ils retenaient à pleins reins des chargements de femmes et d'enfants.

Le train doucement s'en alla dans la nuit : il cracha de la braise dans les saules, il prit sa vitesse. Alors les chevaux se mirent à gémir tous ensemble.

★

Ce matin-là, la bouchère vint, comme d'habitude, sur le pas de sa porte pour balayer le ruisseau; le cordonnier était déjà là, les mains dans sa poche de ventre à regarder, à renifler, il bougeait la tête de temps en temps comme quand on chasse une mouche.

— Rose, il lui dit, tu as su l'affaire ?

— Quelle affaire, dit Rose ? Et elle resta, le balai en l'air.

L'atelier du cordonnier, la boucherie, c'est du même côté de la rue et porte à porte. Le cordonnier fit un petit pas de côté comme pour la danse, et rien que ça il vint, tout près de Rose.

— Tu as vu le Boromé, il dit?

— Lequel?

— Comment lequel? Pas le jeune, sûr, tu sais bien qu'il est parti avec les autres; le vieux, mon collègue.

— Non.

— Moi, il vient de venir, c'est de ça que j'en suis sorti; il a poussé ma porte, il a fait : « Oh! » J'ai dit : « Oh Boromé. » Il m'a dit : « Tu as fait ce café? » Alors il a pris le café avec moi. Il paraît que du côté du Plan des Hougues (le Boromé n'a pas pu dormir de ce que son fils est parti et il est allé marcher en colline toute la nuit), il paraît que du côté du plan des Hougues il a vu au ras de la terre une roche toute fraîchement délitée. « Elle est comme neuve, il m'a dit; dessus cette roche on a l'air d'avoir affouillé la terre, pas exprès, mais en passant dessus à beaucoup; pas des hommes, des bêtes, comme un grand troupeau, avec des pieds durs et une fois la terre usée la pierre s'est montrée. » Il m'a dit ça. Et sur cette pierre, on lit, gravé dessus, un triangle avec des pointes et puis un rond avec une flèche collée.

Rose n'a pas bougé ses pieds, elle s'est reculée du buste et elle regarde le cordonnier d'un peu loin, avec des yeux de poule.

— Tu me fais peur! elle dit.

Le clocher sonna huit heures; et le jour était sans changement, le soleil descendait, comme tous les matins sur la pente des toits de la maison d'Alic.

Avant de sortir, là-bas en face, l'épicière renversa une chaise et des boîtes de conserves, ça voulait dire qu'elle était pressée parce que, grosse comme elle est...

Et sans prendre respiration, elle appela, comme une qui se noie :

— Rose! Père Jean! Vous ne sentez pas?

Ils donnèrent deux ou trois pompées de nez avant de répondre :

— Quoi?

— Sentez, dit l'épicière, puis elle traversa la rue.

— Vous avez le nez bouché, donc! Moi, j'étais à mon second là-haut, voir ce qui me restait de sucre; dès que j'ai ouvert le fénestron, cette odeur m'a sauté à la figure comme un chat. J'en ai eu chaud sur les joues, que j'en suis encore toute rouge.

— Maintenant, je sens, dit le cordonnier.

— Moi aussi, dit Rose, et elle se recula encore du buste pour regarder l'épicière et le cordonnier du haut de sa tête.

C'était une odeur de laine, de sueur et de terre écrasée; ça remplissait le ciel.

— Qu'est-ce que c'est ça?

— Je me le demande, dit le cordonnier.

Ils levèrent les yeux au ciel, tous les trois ensemble, parce qu'une ombre venait comme d'effacer le jour : au-dessus des toits un large étendard de poussière passait devant le soleil.

Et alors ils entendirent le bruit.

Cela faisait comme une belle eau qui coule, une eau épaisse lâchée hors de son lit et elle semblait sonner dans tous les ressauts de la terre et du ciel à gros bourdon de cloches. Ça avançait, les cloches et le bruit d'eau et, par instants, la poussière passait là-haut en paquets de nuages et le jour de la rue devenait roux-muscat, roux comme du jus de raisin et enfin arriva, déployé dans la fumée du ciel, un vol de gémissements et de plaintes, comme le gémissement des chevaux la nuit d'avant.

Père Jean regarda Rose et l'épicière : il mâchait de gros flocons de sa barbe blanche, puis il crachait les poils coupés.

— Ah! moi, je vais voir, il dit.

— Attendez-nous, on y va aussi.

Rose lâcha le balai, l'épicière boutonna son caraco. Ils descendirent la rue tous les trois.

Et Malan, le retraité, descendait aussi la rue en courant; il était en bras de chemise et rasé d'un côté, une joue nette, une joue savonnée et, tout en courant, il tournait la tête et il regardait en l'air comme un qui s'enlève de devant une nue d'orage.

La route de la montagne passe devant le bourg. Là, elle fait un coude, un beau détour autour d'une fontaine, puis elle s'en va vers les plaines où de ce temps on voit trembler le chaud.

A ce coude-là, il y avait déjà tous les vieux du « Cercle des Travailleurs », la buraliste avec ses yeux de sang et puis des femmes, et puis des petits qui tenaient les jupes des femmes à pleines mains. Le vieux Burle ouvrit sa fenêtre : il était malade, en chemise de lit et un cataplasme de papier gris sur la poitrine; mais il ouvrit sa fenêtre toute grande, il huma l'air et il resta là.

A en juger par le bruit, la chose venait du côté de la montagne et même elle était déjà dans le bourg, là-bas, dans le quartier Saint-Lazare; les maisons fumaient de poussière comme si elles s'écroulaient dans leurs gravats.

— Trop beau, je dis, dit le cordonnier, et puis c'est venu le temps de la pourriture. La vigne est pourrie : une tache sur la feuille comme un doigt sale et tout se sèche.

Sa bouche resta ouverte au fond de sa barbe pour

d'autres mots. On entendait maintenant des cloches et des sonnettes et, à ras de terre, un bruit de pieds et, à hauteur du ventre, un bruit de bêlements et de cris d'agneaux.

— Burle, qu'est-ce que tu en dis, appela Malan?

— Des moutons, dit Burle. Il parlait rare, en écrasant son mal de poitrine entre ses vieilles dents. Des moutons, mais jamais de ma vie un tel bruit...

Un vol de grosses mouches sonna dans le feuillage des ormes comme de la grêle. Un nuage d'hirondelles et qui portait des pigeons perdus dévia son ventre blanc dans le ciel et passa en grésillant comme de l'huile à la poêle.

— La pourriture, dit le cordonnier. Sur la Durance, il y a des îles de poissons morts. Si tu en prends, ça te coule dans les doigts en boue d'écailles et de pourriture.

La laitière Babeau qui était juste devant lui, à attendre comme tous, se tourne un peu de côté.

— C'est dans l'air, elle dit. Et hier soir, tu as vu?

— Oui! et toi?

— Oui! De retour de la gare, je me suis fraîchie au pas de la porte; j'avais la peau brûlante de tout ça. Alors, j'ai vu, de là-bas jusque-là, une grande chose de lumière, ça semblait une patte de canard.

— Ça semblait une grande feuille d'armoise tout en or, dit le cordonnier.

Mais maintenant, tout l'air tremblait et on ne pouvait plus parler.

Alors, on vit arriver un vieil homme et, derrière lui, la tête d'un troupeau.

— Sainte Vierge! dit la laitière.

— Il est fou celui-là! cria Burle.

Il y avait le gros soleil et la poussière, et l'épaisse chaleur sur les routes si difficile à trouver d'un pas d'homme ou de bête; ce soleil comme une mort!...

Le cordonnier dit dans sa barbe :

— La guerre! C'est cette guerre qui les fait descendre.

Du coup, autour de lui, on ferma la bouche, et Burle même comprit là-haut et les autres comprirent, tout seuls.

Les cœurs se mirent à taper des coups sourds un peu plus vite. On pensait à cette nuit d'avant qui sentait trop le blé. Oui, trop le blé. Et quelle vague de dégoût à sentir cette odeur de blé, à voir les petits enfants dans les bras des femmes, à voir ces jeunes femmes, toujours bien pleines de plaisir, sur leurs deux jambes; à comprendre tout ça, en même temps que les beaux hommes partaient dans le gémissement des chevaux.

Devant les moutons, l'homme était seul.

Il était seul. Il était vieux. Il était las à mort. Il n'y avait qu'à voir son traîné de pied, le poids que le bâton pesait dans sa main. Mais il devait avoir la tête pleine de calcul et de volonté.

Il était blanc de poussière de haut en bas comme une bête de la route. Tout blanc.

Il repoussa son chapeau en arrière et puis, de ses poings lourds, il s'essuya les yeux; et il eut comme ça, dans tout ce blanc, les deux larges trous rouges de ses yeux malades de sueur. Il regarda tout le monde de son regard volontaire. Sans un mot, sans siffler, sans gestes, il tourna le coude de la route et on vit alors ses yeux aller au fond de la ligne droite de la route, là-bas, jusqu'au fond et il voyait tout : la peine et le soleil. D'un coup de bras, il rabaissa le chapeau sur sa figure, et il passa en traînant ses pieds.

Et, derrière lui, il n'y avait pas de bardot portant le bât, ni d'ânes chargés de couffes, non; seulement, devançant les moutons de trois pas, juste après l'homme, une grande bête toute noire et qui avait du sang sous le ventre.

La bête prit le tournant de la route. Cléristin avait mis ses lunettes. Il plissa le nez et il regarda :

— Mais, c'est le bélier, il dit, c'est le mouton-maître. C'est le bélier!

On fit oui de la tête tout autour de lui. On voyait le bélier qui perdait son sang à fil dans la poussière et on voyait aussi la dure volonté de l'homme qui poussait tous les pas en avant sur le malheur de la route.

Cléristin enleva son chapeau et se gratta la tête à pleins doigts. Burle se pencha hors de sa fenêtre pour suivre des yeux, le plus loin qu'il pouvait, ce bélier sanglant. Il avait été patron berger dans le temps. Il se pencha, son cataplasme se décolla de ses poils de poitrine.

— C'est gâcher la vie, il disait, c'est gâcher la vie...

Enfin, il remonta son cataplasme, il se recula et il ferma sa fenêtre avec un bon coup sur l'espagnolette.

Le vieux berger était déjà loin, là-bas dans la pente. Ça suivait tout lentement derrière lui. C'étaient des bêtes de taille presque égale serrées flanc à flanc, comme des vagues de boue, et, dans leur laine il y avait de grosses abeilles de la montagne prisonnières, mortes ou vivantes. Il y avait des fleurs et des épines; il y avait de l'herbe toute verte entrelacée aux jambes. Il y avait un gros rat qui marchait en trébuchant sur le dos des moutons. Une ânesse bleue sortit du courant et s'arrêta, jambes écartées. L'ânon s'avança en balançant sa grosse tête, il chercha la mamelle et, cou tendu, il se mit à pomper à pleine bouche en tremblant de la queue. L'ânesse regardait les hommes avec ses beaux yeux moussus comme des pierres de forêt. De temps en temps elle criait parce que l'ânon tétait trop vite.

C'étaient des bêtes de bonne santé et de bon sentiment, ça marchait encore sans boiter. La grosse tête épaisse, aux yeux morts, était pleine encore des images et des odeurs de la montagne. Il y avait, par là-bas devant, l'odeur du bélier maître, l'odeur d'amour et de brebis folle; et les images de la montagne. Les têtes aux yeux morts dansaient de haut en bas, elles flottaient dans les images de la montagne et mâchaient doucement le goût des herbes anciennes : le vent de la nuit qui vient faire son nid dans la laine des oreilles et les agneaux couchés comme du lait dans l'herbe fraîche, et les pluies!...

Le troupeau coule avec son bruit d'eau, il coule à route pleine; de chaque côté il frotte contre les maisons et les murs des jardins. L'ânon s'arrête de têter, il est ivre. Il tremble sur ses pattes. Un fil de lait coule de son museau. L'ânesse lèche les yeux du petit âne, puis elle se tourne, elle s'en va, et l'ânon marche derrière elle.

Vint un autre bélier, et on le chercha d'abord sans le voir; on entendait sa campane, mais rien ne dépassait les dos des moutons et on cherchait le long de la troupe. Et puis on le vit : c'était un mâle à pompons noirs. Ses deux larges cornes en tourbillons s'élargissaient comme des branches de chêne. Il avait posé ses cornes sur les dos des moutons, de chaque côté de lui et il faisait porter sa lourde tête; sa tête branchue flottait sur le flot des bêtes comme une souche de chêne sur la Durance d'orage. Il avait du sang caillé sur ses dents et dans ses babines.

Le détour de la route le poussa au bord. Il essaya de porter sa tête tout seul, mais elle le tira vers la terre, il lutta des genoux de devant, puis s'agenouilla. Sa tête était là, posée sur le sol comme une chose morte. Il lutta des jambes de derrière, enfin il tomba dans la poussière, comme un tas de laine coupée. Il écarta ses cuisses à petits coups douloureux : il avait tout l'entre-cuisse comme une boue de sang avec, là-dedans, des mouches et des abeilles qui bougeaient et deux œufs rouges qui ne tenaient plus au ventre que par un nerf gros comme une ficelle.

Burle était revenu à sa fenêtre, derrière ses vitres, on lui voyait bouger les lèvres :

— Gâcher la vie! Gâcher la vie!

Et Cléristin se parlait à voix haute. Il ne disait rien à personne, il parlait comme ça, devant lui, pour rien, pour vomir ce grand mal qui était en lui maintenant du départ de ses fils sur l'emplein des routes.

— Savoir ce qu'on va faire, il disait? On n'est pourtant pas de la race des batailleurs! Et mon jeune, tout blanc-malade! Et mon aîné et ses pieds tendres! Et tout ça avec ses infirmités du dedans, des choses qu'on ne sait pas... C'est pas de juste!...

Il avait gardé son chapeau à la main et on voyait bien ses yeux mouillés, verts et moussus, comme les yeux de l'ânesse partie dans le troupeau.

De temps en temps une grosse cloche sonnait ou bien une grappe de clochettes claires, et c'était une mule, ou un âne, ou un mulet, ou même un vieux cheval; ça n'avait plus le marcher dansant des hautes bêtes, mais ça allait, pattes rompues, avec de l'herbe et de la terre dans le poil et des plaques de boue sur les cuisses.

Parfois, ça devait s'arrêter, là-bas, au fond des terres où s'était perdu le berger... L'arrêt remontait le long du troupeau, puis ça repartait avec un premier pas où toutes les bêtes bêlaient de douleur ensemble.

Le bruit de cloches des mulets et des ânes diminua au fond de la route : il ne resta plus que le roulement monotone du flot, et le bruit de la douleur...

Alors, quelqu'un dit :

— Écoutez!

19

On écouta. C'était là-haut, au fond du ciel, le clocher, étouffé de poussière, qui essayait de sonner midi.

★

La bouchère met le couvert; elle lance les assiettes au hasard sur la table; elle a aux lèvres sa moue de petite fille, et, de temps en temps, elle renifle.

Le petit garçon monte sur sa chaise :

— Tire-toi par ici, dit la bouchère.

Elle avait déjà essayé de cacher la place vide avec le pot-à-eau et la bouteille.

— Tire-toi, et puis, non! laisse la place; puis non, va, tire-toi, fais comme tu veux.

Elle s'en va à l'évier prendre des verres et elle y reste, le visage tourné vers le mur, un bon moment, immobile...

— Mangez, mère, dit Rose.

Mais la mère fait « Non » avec la tête et elle dit :

— Qui sait où ils sont maintenant?

Dehors, le grand troupeau coule.

— Ils ne doivent pas être bien loin, dit Rose. Il faut qu'on les habille, qu'on leur donne toutes leurs affaires, et le fusil, et les cartouches; et puis, il faut qu'on les habitue encore à tirer du fusil, on n'est pas obligé de savoir qu'il sait.

— Il n'a qu'à dire qu'il ne sait pas.

— Oh mais oui, dit Rose, c'est pas facile, c'est tout écrit ici à la Mairie, et qu'il prend son permis de chasse, et tout le reste. Il vaut mieux qu'il dise rien, qu'il dise comme les autres. Et puis, des pères de famille, on ne peut pas les jeter tout d'un seul coup; on y mettra ceux qui sont pas mariés d'abord, puis ceux qui ont pas d'enfants, puis ceux qui n'ont pas de commerce; nous, il est marié, il a un enfant, on a un com-

merce, alors... Et puis, d'ici-là... Le pharmacien dit
que, pour la Toussaint, au plus tard, au plus tard...
A mon idée, avant, ça aura tourné d'une façon ou de
l'autre... Mangez, mère!

— Non, dit la mère, ça s'arrête à mon gosier.
Que ça tourne comme ça voudra, mais que ça finisse!

★

Cléristin était resté là au bord du troupeau à se
gonfler de douleur, à boire de la douleur comme un
goulu.

— Qu'est-ce que j'irai faire à la maison? Je suis
seul, moi, maintenant.

Il avait appelé la boulangère:

— Amélie, donne-moi un bout de pain et marque-le
sur le compte.

Il n'avait pas osé manger. Il était là avec le pain
dans son poing.

Les moutons passaient toujours, mais lentement.

Les bêtes maintenant étaient malades. On n'en
pouvait plus de cette longueur de troupeau, de tout
ce mal, de toute cette vie qu'on usait sur la route.

Il y avait du sang sous tous les ventres. Il y avait de
ces éternuements qui laissaient la bête toute étourdie
par la secousse de la tête. On disait:

— Tombe ou tombe pas?

Non, elle repartait sur ses jambes raides comme du
bois.

Le bélier était toujours là par terre, les jambes écartées. Le sang s'était mis à couler de lui; toute sa laine
basse, mouillée de sang, défrisée, lourde, pendait
comme une mousse sous une fontaine. Il ne se plaignait pas; il respirait de toutes ses forces et le souffle
de ses naseaux avait creusé deux petits sillons dans
la poussière.

Maintenant, un autre berger était là. Arrêté au coude de la route, il regardait passer les moutons. Il avait dû, tout à l'heure, pousser les ouailles du genou pour sortir du flot qui l'emportait. Il s'était essuyé le visage; il rayonnait de sueur comme un saint; tassé sur son bâton, il regardait l'au-delà.

Le lit de Burle, là-haut, est près de la fenêtre. On voit Burle qui se lève, il passe ses pantalons de velours, il arrange son cataplasme, il boutonne sa chemise par-dessus.

Au bout d'un moment, la porte du corridor s'ouvre; Burle sort. Il est pieds nus, il appuie sa main gauche toute ouverte sur sa poitrine; de sa main droite il porte une chaise. Il vient toucher l'épaule du berger.

— Voyez, il dit, brave homme, vous ne pouvez pas demeurer droit tout le temps, prenez la chaise.

L'autre reste dans son au-delà. Il s'assoit. Il met son bâton devant lui, entre ses jambes, croise ses paumes sur la crosse et, le menton au dos des mains, il baisse sa tête sous le soleil.

— Si tu en juges par la grosseur, disait le cordonnier revenu, si tu en juges par l'épaisseur, parce que ça c'est comme une eau de ruisseau ou de fleuve, ce troupeau en est à peine en son milieu. Alors, pense un peu que, depuis huit heures de ce matin, il est là à couler, pense un peu qu'avec celui-là qui dort sur sa chaise et l'autre, là-bas devant, le premier, ça fait deux hommes en tout, pour tout ça. Pense qu'on a pas vu de chien, guère d'ânes et puis, dis-moi si ça n'est pas la marque qu'on est entré dans les temps maudits?

Et Cléristin regardait aussi l'au-delà des bêtes, l'écriture de la chose, ce que le grand troupeau écrivait en lettres de sang et de douleur, là, devant eux, au blanc de la route.

— Je suis allé jusqu'au bout des arbres. On voit la vallée de l'Asse. Ça sort de là-haut. Toute la montagne fume comme si on y avait mis le feu. Et puis, tu entends le tonnerre?

Du côté de la montagne, un orage cassait le ciel comme avec des marteaux de fer.

Maintenant, les brebis qui passent viennent à peine d'émerger de la pluie. Elles sont lourdes d'eau. Elles vont à petits pas, en creusant d'abord leur place dans l'air à coups de tête. Un homme marche au milieu d'elles, il est tout ruisselant d'eau. Il porte un agnelet abrité sous sa veste. Il appelle celui-là qui est assis :

— Antoine! Antoine!

L'autre ne relève pas la tête. Il reste là, caché sous son grand chapeau. De sa main droite seulement il fait signe :

— Va, va...

Et le bélier vient de mourir. Il a relevé d'un seul coup sa lourde tête branchue, comme sur un ordre; il a regardé le ciel d'entre les branches de ses cornes : un long regard interminable. Le cou tendu, il a eu un petit gémissement d'agneau; il a écarté les cuisses, étiré les jambes; il a lâché un paquet de sang noir et de tripes avec un bruit de ballon qui se crève.

*

Au moment d'allumer la lampe, la bouchère dit :

— Mère, pour cette nuit, vous devriez coucher avec moi. D'être seule...

Elle n'a pas besoin de finir sa pensée, elle a appuyé

ses grosses lèvres humides un peu plus longtemps sur le mot : « seule »...

Ainsi, la mère a pris la place du fils le long de la femme. L'empreinte de celui qui est parti est marquée dans le matelas; la mère s'est allongée là, dans ce trou, à la mesure de son fils. Et, côte à côte, les deux femmes, sans rien dire, ont écouté le bruit du troupeau dans la nuit. Toujours. Comme si la montagne voulait s'assécher de bêtes vivantes.

Il y a eu un petit moment de calme, venu on ne sait d'où, et les deux femmes ont bu un sommeil douloureux, tout gris. Puis la mère s'est éveillée en sursaut :

— Écoute, elle a dit.

— Quoi? a dit Rose.

— Quelqu'un se plaint.

On n'entend plus le bruit des moutons, mais, comme un gémissement d'enfant, un appel à la mère que les deux femmes reçoivent au plein du cœur. Elles sautent du lit :

— Prends la bougie. Allume.

— Mère, regardez, ça ne serait pas le petit qui aurait les vers?

— Non, Rose, ça vient d'en bas de la rue.

— A cette heure? dit Rose.

Mais, c'est bien un appel à la mère :

— Ma ma...

— Oui! répondent les deux femmes, et les pieds nus claquent dans l'escalier.

— Attendez!

Le verrou est dur. Rose y meurtrit la paume grasse de ses mains et ses seins sautent dans sa chemise.

— Là. Abritez la bougie.

La nuit sent le mouton.

— Il pleut, mère?

— Non, c'est de la terre. C'est la poussière de ce troupeau qui retombe.

Ce qui pleure, ce qui appelle maman est là, sur les pavés, une petite tache blanche. Rose s'agenouille à côté. C'est un agneau; un agnelet boueux et tremblant, un agnelet à tête lourde, perdu dans le monde.

— Mère, c'est un agneau perdu.

Rose le prend dans ses bras nus; il a mis son petit museau humide au creux du coude.

— Bête, bête, chante doucement la bouchère, et avec le pointu de ses lèvres le bruit des petits baisers. Bête!... Regardez-le, le pauvre!

— C'en est un qui tète encore, dit la mère.

Rose frissonne sous le souffle de cette petite bête là, au pli de son coude.

— Je crois qu'on peut les élever avec des biberons d'enfants, elle dit.

L'agneau n'appelle plus, il cherche le chaud des bras; il se tasse au chaud de la chair. Il ferme les yeux, il les ouvre pour voir si les bras sont toujours là et il a de longs frissons heureux dans son échine. Il pousse sa tête dans les seins de Rose, elle rit :

— C'est sec, elle dit. Ah! Si j'avais encore du lait, je t'en donnerais, j'en ai plus. Mère, il faudra penser à en prendre un litre de plus demain.

— Viens, dit la mère, on rentre, on est là toutes deux en chemise.

— Oui mais, dit la bouchère, allez ouvrir le couloir. On ne peut pas le faire passer par le magasin. C'est plein de viande, ça sent le sang, il aurait peur.

★

A l'aube, Clara ouvrit les portes de son petit café, au tournant de la route. Au milieu du carrefour vide, il y avait une chaise toute seule. Le troupeau était tari, le berger parti, un chien léchait, à grands coups de langue, le sang du bélier.

Vers les cinq heures du matin, arriva le vieux Sauteyron, de la ferme Saint-Patrice. Il menait le cheval à la réquisition.

— Clara! il cria, donne-moi quelque chose de fort. Elle vint au seuil, avec un verre et la bouteille de fine :

— Tu es bien pâle! elle dit...

— Y a de quoi, dit le vieux, c'est plein de moutons morts sur la route.

Le cheval regardait l'aube verte. Il secouait la tête, comme pour chasser un taon, et il gémissait doucement sur son mors.

LA HALTE DES BERGERS

L'heure sonna à Valensole : onze coups sur la cloche sourde. Le vent de nuit époussetait les aires et la balle de blé montait en fumée vers la lune.

Dans la ferme Chaurane, là-bas, sur le plateau, la poulie du grenier chante toute seule. On a laissé la corde dans la rainure de la roue. Le vieux Jérôme a écouté la chanson de la poulie. Il a pensé à la corde.

— Ces femmes! il a dit...

Puis il s'est tourné sur le côté gauche, il a écouté son cœur qui battait dans son oreille, comme si on damait la cave à la dame de fonte, au fond de la maison. Il a pensé à Diane, la chienne; elle n'est pas rentrée ce soir.

— Je l'avais dit; j'avais dit : attention! elle va courir, celle-là, ou bien le mâle, ou bien qu'elle chasse seule.

Il lève sa tête du coussin; il écoute. Il semble qu'on entend un bruit de grelots dans la colline.

— Quand le Joseph est parti, il a dit : « Soignez-la! Soignez-moi cette chienne! » C'est la seconde nuit, et déjà on la laisse partir.

Il se tourne sur le côté droit. Il ne peut pas dormir. Mais, là, il n'entend plus son cœur, il entend à peine le petit sifflet du vent qui se fend sur le coin de la grange, et le bruit de tous les amandiers du plateau. Ça dit bien toute l'étendue de ce plateau à la perte de la vue.

Maintenant, il est seul d'homme aux Chauranes. Sa fille Madeleine, juste dix-huit ans, et sa bru Julia, guère plus. Voilà tout ce qui reste, depuis que le Joseph est parti.

Qui s'emmanchera aux bras de la charrue? Qui se pendra la corne de bouc à la ceinture pour aller faucher?

Il est là allongé sur le lit, raide comme du bois, et il a serré ses mains dans le vide, comme sur les mancherons de l'araire, et il a vu tourner dans son œil sa grande pièce de terre : elle chavirait autour de lui avec sa charge d'amandiers et de blé, comme quand il naviguait dessus, derrière ses deux couples de chevaux.

Tout d'un coup il a rejeté le drap, il s'est levé, il a fouillé dans ses pantalons, allumé une allumette et il sort dans le couloir avec son allumette au bout des doigts. Il tape à la porte de sa bru.

— Julia! Julia!

Il frappe doucement du plat de la main.

— Oui.

Le lit craque et voilà le bruit mou des pieds nus sur les dalles.

Jérôme retient la poignée de la porte.

— Non! n'ouvre pas, je suis en chemise. Écoute, je voulais te demander : tu as donné aux chevaux?

L'allumette s'éteint.

— Ah! non, fait Julia.

— Tu y vas?

— Oui, j'y vais, dit la femme. C'est encore une habitude à prendre.

En remontant de l'étable, Julia est venue à la chambre de Madeleine et elle a soufflé au joint de la porte :

— Madelon, tu dors?

— Non.

28

— Écoute, Madelon, je viens de donner aux chevaux. Si tu savais, en bas, dans le val, ce qu'il y a, ce qu'il y a! C'est plein de lanternes qui vont et qui viennent et puis, tout un bruit de moutons et, là-bas, sur le devers de la Durance, on a allumé un grand feu qui monte, qui monte.

— Oui, dit Madeleine, je sais, je l'ai vu arriver, c'est un troupeau. Il tient un large à faire peur. Je l'ai vu arriver au moment du soir. Il est couché sur les terres de Gardettes.

Julia reste un moment à réfléchir, dans la nuit du couloir, puis :

— Dis, Madelon, je peux entrer? Je veux te dire quelque chose.

— Entre. Tu veux la lumière? demande Madeleine.

— Non, pas besoin d'y voir. Laisse seulement, je me couche un peu près de toi, j'ai froid dessous les pieds sur ces pierres. Écoute, Madelon, tu m'en veux?

— J'ai de rancune pour personne, dit Madelon les dents serrées.

A tâtons, Julia caresse le corps de la petite :

— Delon, c'est vrai, c'est bien vrai, c'est la vraie vérité que moi je n'ai rien dit, rien, pas un mot, tu peux me croire. Pense combien on a été de tout temps la main dans la main, et souviens-toi des bals à Bras, quand on changeait nos rubans de cheveux sous le pommier. Rien dit, pas un mot, et ça me ferait joie de te savoir mariée, comme toi pour moi, quand je t'ai dit : « Je me marie avec ton frère! » Et qu'on est resté à s'embrasser toutes deux dans le foin. Tu m'écoutes? Ça n'est pas moi, c'est lui qui t'a surveillée; c'est lui qui t'a vue. L'avant-veille du départ, en se couchant, il m'a dit : « Surveille-la pendant que je suis pas là. » Tu entends? Il m'a dit : « Je vous tords le cou à toutes les deux! Je l'ai encore vue avec l'Olivier des Gardettes, ils se tenaient à plein par le corps. »

— C'est pas vrai, dit Madeleine, on ne faisait rien de mal.

— Je sais ce que c'est, Delonne, je sais. Et rien de mal, je sais. C'est pas du mal, c'est de race. Mais, je te le dis, le Joseph, tu es sa sœur, et il est jaloux de toi comme si tu étais sa femme. C'est pas un mauvais cœur. Il est jaloux, voilà! Mais, va, n'aie pas peur, il ne te tuera pas. Il a dit ça dans sa folie de départ et puis, parce qu'il avait bu pour ce deuil de partir, et puis parce qu'il n'était plus lui d'être obligé de tout quitter à la souffrance, et puis...

— Et puis, s'il me tue, tant pis! dit Madeleine du fond de l'ombre.

*

Aux Gardettes, de l'autre côté du vallon, la lampe brûlait toujours dans les branches du figuier. Elle n'avait donc plus son sens d'économie, la Delphine : le milieu de la nuit allait passer! Et son père : le vieux vert avec sa bouche propre...

Malgré le tard ils étaient là, dessous la lampe du figuier autour de la table desservie : la Delphine, le papé et Olivier le jeune. Ils ne parlaient pas; il y avait avec eux ce berger de devant les bêtes, sorti de l'ombre, sorti de la nuit tout à l'heure, blanc de poussière comme une cigale sortie de la route.

La nuit est tant usée d'étoiles qu'on voit la trame du ciel.

— Quarante heures, a dit le berger, quarante heures d'un seul tenant, comme un fil de sabre.

— Et ça fait trop, a dit le papé.

— Il n'y a faute de personne, a dit le berger, c'est la faute au sort.

— Faute ou pas faute, a dit le papé, c'est quand même trop de souffrances pour les bêtes.

30

Et maintenant, ils fument leurs pipes.

— Ça nous a pris le premier jour, dit le berger, le regard lancé dans la nuit. On était dans les hautes pâtures, par un temps comme jamais. Les herbes, c'était comme de la nouvelle mariée, toutes en fleurs blanches et du rire d'herbe qui luisait sur des kilomètres. Et voilà que je vois, sur l'étage de la montagne, en dessous de moi, deux hommes bleus qui marchaient en plein foin, en plein, au beau milieu du plus gras, comme ceux qui s'en foutent. Ça, je me dis, ça c'est les bleus de la gendarmerie de Saint-André : l'Alphonse a dû avoir encore un coup de revertigot avec la femme de la passerelle; et de fait, ils allaient chez l'Alphonse. Ils y vont, ils le touchent juste de la voix, sans s'approcher, et c'est mon Alphonse qui va à eux. Après ça ils descendent le val, ils remontent vers le logisson du Bousquet. « Ça, je me dis, ça alors, celui-là, c'est pourtant un calme! » De là, ils vont vers le Danton, puis vers l'Arsène et puis, ils tournent la montagne vers les pâtures de l'autre versant. On voyait tout le serpentement de leur chemin marqué dans nos herbes. L'Alphonse avait parqué ses bêtes. Il s'en alla sous le cèdre. Je le voyais là-bas, debout, la tête renversée en arrière, comme s'il buvait à une bouteille : il sonnait de la trompe. Le son vint me trouver dans mes herbes. Et puis, j'entendis sonner le Bousquet et le Danton, et l'Arsène, et sur l'autre versant, toutes les trompes sonnaient.

Alors, sans savoir, je me mis à souffler moi aussi à pleine bouche, et, malgré le beau jour et le rire de toutes les reines des prés, je sonnai comme pour la mort du chien.

Vint l'après-midi. Je voyais les hommes réunis sous le sapin 34. Je me disais : « Qu'est-ce qui t'a pris, à toi, de monter ici aujourd'hui, tu serais en bas en train de savoir... »

Mais, voilà qu'un d'en bas, que j'ai su être ensuite le Julius d'Arles, sort de l'ombrage et là, au beau clair, se plante des pieds et sonne vers moi le long son d'appel à trois coups, celui qui dit : « Viens tout de suite ! »

Alors, d'un bon coup de sifflet, je jetai toutes mes bêtes dans la pente.

Sous l'arbre, les paquets étaient prêts, et les amis m'ont dit : « On part ! » J'ai dit : « Ici l'herbe est belle. » On m'a répondu : « Oui, mais on part à la guerre ! »

Il tète sa pipe pour laisser s'endormir son cœur, pour laisser passer un peu le souvenir de ce moment où la terre s'est mise à trembler.

... On est resté trois : l'Antoine de Pertuis, ce Julius que je disais, et moi. Trois, trop vieux pour faire des soldats. Trop vieux aussi, disait l'Antoine, pour faire l'accompagnement solide de tous les troupeaux réunis entre nos mains. Et, au soir, les jeunes ont chargé les sacs sur leurs épaules ; ils sont partis ; on était seuls. I y avait tellement de moutons sur la montagne qu'on ne voyait plus l'herbe. Alors, on a discuté tous les trois. La nouvelle nous pesait dans le cœur. On a discuté le pour et le contre. On a mis toute la nuit, on a fumé tout ce qui nous restait de tabac. On s'est mis d'accord et on est parti, moi en tête. On devait avoir devant nous un bruit d'une belle épaisseur. Quand on traversait des villages, les femmes et les vieux étaient en ligne, au bord des routes, pour nous regarder passer. On arriva en plaine. Et c'est là qu'une femme a fait plus de cinq kilomètres avec un agneau dans ses bras. Elle est venue à ma hauteur. Elle m'a dit : « Homme, c'est ici le bout de ma route. Pas plus loin d'un mètre. Mais, cette bête-là que j'ai ramassée dans ta troupe, si je la pose par terre, elle va mourir. Arrête-toi! » J'ai dit « Non » et puis j'ai dit : « Pose-la. » Au bout d'un petit moment, j'ai tourné la tête, l'agneau était couché sur le talus; la femme courait comme une dératée dans les labours. Alors j'ai crié : « Femme! Femme!... » Elle était trop loin. Elle n'a pas entendu.

C'est à partir de là que j'ai vu clair et j'ai pensé à toute la douleur qui venait. Et j'y ai pensé, patron, je te le dis, tant fort, que ça m'a brûlé; quand j'ai été desséché comme un charbon, j'ai dit : « A la charité du monde! »

Il dresse dans la nuit sa main ouverte large comme une feuille de platane.

Du fond du vallon monte un aboi de chien et une voix d'homme.

— C'est moi qu'on cherche, dit le berger, et il crie son nom et « ici! »

— Où? répond la voix.

— Monte à la lampe, crie le berger.

Au bout d'un moment, l'homme s'est avancé dans le halo de la lampe, et, approché, on a vu un petit vieux, tout empoissé de terre grasse et d'herbe, un qui a dû se coucher n'importe où pour reprendre haleine. Un chien bleu le suit.

— Salut Julius, dit le berger.

L'autre fait « Ah! » et il tombe assis sur le banc. Le papé a cligné de l'œil à Delphine. Elle est allée à la maison; elle est revenue avec un pain, un litre de vin et un verre.

— La soupe est froide, tu comprends, dit le papé, alors compagnon on va te la faire chauffer, en attendant profite.

Julius a mis les deux mains pour soulever son verre; le verre est là, caché dans les deux grosses mains rousses et il boit comme ceux qui boivent aux fontaines.

— Encore un coup?

— Verse, mais vous permettez?

Il a sorti son couteau de corne. Il coupe dans le pain une tartine épaisse comme le bras, il la trempe dans le vin et il la donne au chien.

Le papé fume à grands coups précipités.

— Tabac?

Julius sort sa pipe. Et puis non, il la quitte d'un coup sur la table. Il met la main à l'épaule du berger.

— Je suis venu te voir, Thomas, je suis venu pour toi. J'ai la mort dans le ventre. C'est de la folie. On n'en peut plus. Il faut aller plus doucement. Pense aux bêtes. Devant, tu as les saines; devant, tu as le clair de la route; nous on est en plein malheur : ça meurt, ça meurt. On n'en ramènera pas un seul. On leur demande trop à ces corps. Ça n'a pas été fait pour ça. Ah! Thomas, l'ombre et puis la fraîcheur, et puis le repos d'un chacun, et la vie des jours d'avant...

Les grillons chantent. Rien ne bouge, la nuit est une grande paix pleine d'étoiles.

— Faut plus penser aux jours d'avant, dit Thomas, on est entré en pleine saloperie. Tu crois que je suis en pierre, moi? Tu crois que je ne vois pas les yeux de ceux qui nous regardent quand nous passons dans les villages? Je m'enfonce sous mon chapeau. Tu crois que je ne sais pas? J'ai des oreilles pour entendre. Écoute.

Il se tait. On n'entend d'abord que les grillons, puis, au fond de la nuit, ronfle la plainte sourde des moutons.

Julius souffle un grand soupir.

— Ça sera pour repartir, il dit. Le tout est de savoir si elles auront la volonté.

— Au point où ça en est, dit Thomas, c'est comme

34

de l'eau dans une pompe : un se lèvera, et les autres se lèveront; un marchera et les autres marcheront derrière.

Au grand jour, dans le plein matin, on vit bien toute l'étendue de ce troupeau. Il était là, dans le val, comme de la crème de lait : il était sur les collines; il était là-bas dans les graviers de la Durance d'où montait le fil bleu d'un feu de garde.

Arrêtés au versant du coteau, les trois hommes regardaient : Julius allait partir à son poste; le papé faisait aller son regard tout le long de ce flot de bêtes. Thomas regardait, droit devant lui, l'âme de son troupeau; il la voyait dans le fond du ciel.

— Adieu! dit Julius.
— Adieu! dit Thomas.

Puis, le papé et Thomas descendirent dans le vallon. Le grand bélier-maître était couché à l'écart sous un chêne-vert. Il avait saigné sur le thym et sur les petites sariettes tendres. Ses cornes étaient emmêlées à l'herbe. Il se plaignait. Sa langue pendait dans la terre, sèche comme une pierre. Il était couvert de mouches et d'abeilles.

Thomas chassa les mouches à coups de chapeau, puis il tâta les reins de la bête; il fit jouer le ressort des jambes. Il toucha doucement la blessure d'entre-cuisses. La bête ne se plaignait pas; elle regardait l'homme à pleins yeux.

— Patron, dit Thomas, je vais te demander quelque chose : sauve mon bélier. Avec son courage, il va se redresser, il va marcher, qui sait! cent mètres, mille? (parce qu'au fond, je ne connais pas le courage de cette bête); puis il tombera, il restera pour mourir sur le talus de la route. Sauve-le; on peut encore. Prends-le, monte-le à ta ferme, soigne-le. Et, quand les temps auront passé, si je suis encore en vie, je reviendrai le chercher.

35

— Ça, j'en suis capable, dit le papé. Et, merci, berger, de m'avoir fait voir ta pitié avant de partir.

Thomas tira son chapeau sur ses yeux.

— Je te l'ai dit, on n'a plus de ressource qu'en la charité du monde.

— Attends, dit le papé, je vais chercher la brouette, ça sera plus facile pour le porter.

Ce fut le berger qui mit le foin au fond de la brouette et un vieux sac, puis on chargea le bélier.

— Fais bouillir de l'aigremoine, dit Thomas, et puis, lave-lui le dedans des cuisses. Puis, tu feras une pâte de soufre et d'huile vierge pour les endroits où ça saigne. Deux fois par jour; mais, je le connais, il a autant besoin d'amitié que de remèdes. Il sera vite sur pied avec toi.

Il mit sa main au front de la bête et il gratta doucement, sous les poils, d'un petit gratté léger d'amitié. Le bélier regarda l'homme, puis en tremblant des babines, il ronfla le grand mot d'amour des béliers.

— N'aie pas peur, dit le berger, je te laisse chez un bon homme. Ah! si je m'en vais, mon bel Arlésien, c'est que le destin tire ma veste, va, sans ça, on serait resté ensemble jusqu'au bout de la vie. Je te demande une chose, arlaten, sois brave avec cet homme, ne lui mets pas le désordre dans son étable; ne choisis pas l'herbe, ne te couche pas dans le nid des poules. Si tu as des brebis, ne fais pas le fou, mange ton sel doucement. Maintenant, tu es de cette maison. Obéis bien aux femmes et fais-toi respecter.

Puis, à bout de bras, il chercha la main du papé.

— Je te paie d'un merci, mais si je dois quelque chose...

— Tu dois rien, dit le papé, tu dois... tu dois d'entrer à ton mas, voilà tout. Et si ton maître ne te tire pas le chapeau, quand tu passeras le portail, dis-lui de ma part qu'il est pourri. Adieu!

Au milieu de la pente qui était dure à remonter avec le bélier dans la brouette, le papé s'arrêta. En bas le troupeau partait. Thomas bougeait les bras d'avant arrière, comme s'il brassait une grosse pâte, et toute la pâte du troupeau levait doucement dans les herbes. Puis, Thomas regarda vers le papé : il haussa la main pour dire adieu et, le bras en l'air, il partit devant les moutons dans le gros vent d'août qui coulait à plat comme un fleuve.

LE CORBEAU

— Le corbeau, crie l'homme!

Joseph se dresse hors de l'herbe. Il a son fusil à la main :

— Il est trop loin, il dit, je peux pas tirer.

Le corbeau s'en va sur ses ailes lentes. On l'entend voler, il y a un vaste silence sur la terre; seul, au bord du champ, un tas de fumier geint doucement comme quelque chose qui cuit.

— Si c'était un fusil de chasse, dit Joseph oui, mais avec ça, va-t'en l'attraper d'une balle!

— J'ai peur, dit doucement l'homme couché dans l'herbe.

— C'est pas une chose d'homme d'avoir peur d'un oiseau, dit Joseph; alors tu crois que je vais te le laisser venir dessus? Tu crois que moi, avec mon fusil... Alors nous sommes beaux, si tu as peur.

Joseph se penche sur l'herbe où l'homme est couché et il met sa main sur ces épaules immobiles, appuyées de toute leur largeur sur la terre et il dit d'une voix qu'il va chercher au fond de son enfance :

— Je te garde, vieux, je suis là.

Et avec les yeux, il dit :

— Moi, ton copain, moi! Alors, y a plus d'amis, si je peux plus te défendre d'un corbeau!

— Bon, fait l'homme qui a tout compris.

Joseph quitte son fusil, puis il s'agenouille, puis il se couche dans l'herbe. Le silence descend et pèse sur la terre de tout son poids.

— Tu as enlevé ta capote? demande l'homme.

Joseph ne répond pas.

— Tu as enlevé ta capote? crie l'homme.

— Quoi? dit Joseph.

Il s'est dressé d'un coup à quatre pattes. Il regarde de tous les côtés, l'épaule droite un peu plus basse parce que sa main droite est au fusil.

— Quoi? ils sont là? Qui? Je dormais. Ça te fait mal, vieux?

— Non, je disais : tu as enlevé ta capote!

— Je suis bien fatigué, tu sais, dit Joseph; c'est comme si ça m'arrachait les yeux. Je suis là, je te parle, je te regarde et puis, ça fait comme une barrique trouée. Je me vide et je dors.

— Tu as enlevé ta capote? demande encore l'homme.

— Oui, tu sais bien, oui, c'est à peine que tu t'en aperçois. Je l'ai laissée au bois Gamin avant-hier à Creville, au moment où ils nous ont reçus à coups de fusil, près du pont. Tiens, tu étais couché derrière le poteau, toi, ça m'entravait les jambes; je l'ai jetée en courant. Dis, vieux, tu me laisses dormir?

— Enlève-moi aussi la capote, dit l'homme. S'il faisait du vent, il me semble que ça irait mieux. Et puis cette couverture.

— Laisse cette couverture, dit Joseph, laisse-la, d'abord ça te couvre, et puis, laisse-la. Ça te fait mal?

— Non, c'est chaud et lourd; ça me semble dans la boue. Non, ça fait pas mal. Si je pouvais seulement descendre dans l'eau.

— Reste paisible, dit Joseph; si seulement tu faisais des efforts pour dormir...

— Non, pas dormir, dit l'homme, et puis, vieux,

donne-moi ta main, là, garde-moi la main comme ça. De te sentir comme ça, c'est bon.

L'homme sort sa main de dessous la couverture et cette main vient toute seule à travers l'herbe, comme un petit animal, jusqu'à toucher la main de Joseph. Ils restent là, la main dans la main.

La route descend toute vide, puis elle tourne le coteau. La route monte toute vide, puis elle entre dans le bois.

— Ça fait combien de temps qu'ils sont partis eux autres, demande l'homme?

— Cinq heures, à peu près.

— Le lieutenant a dit à quelle heure? A quelle heure on viendra nous chercher?

— Sur le soir.

— On nous trouvera?

— On est juste au talus de la route. Il m'a dit : « La voiture viendra, restez-là »

— Dis!

— Quoi?

— C'est mauvais, cette blessure à la cuisse?

— Non!

— Qu'est-ce qu'il a dit le major?

— C'est pas le major, c'est le petit. Le major était déjà à cheval, là-bas devant. C'est le petit et puis un artilleur et puis moi. J'ai dit : « C'est le Jules. » Alors j'ai demandé : « Qu'est-ce qu'il a? » On m'a dit : « A la cuisse. » J'ai dit : « Je le connais. » On a bien tout serré dessus. L'artilleur avait deux paquets de pansements et puis on a ouvert un sac et on a mis une grosse chemise neuve dessus, on a serré... Et pour le porter, j'ai dit. On a essayé. Alors tu t'es réveillé et tu as gueulé. Juste à ce moment, il a passé la compagnie et puis la cuisine, et il y avait le lieutenant, le roux, tu sais... J'y ai dit : « Y a le Jules, là. » Il m'a dit : « Y a plus de place dans la voiture Restez là, vous, avec lui; restez là, au bord de la route; on reviendra vous chercher. » C'est là alors que l'artilleur a dit : « Moi, j'ai un copain aussi, viens, on va le porter là au bord de la route : tu en gardes deux comme un, et tu le feras mettre dans la voiture aussi.

— Où il est, l'artilleur?

Là, tout contre, tu ne le vois pas parce que tu es couché, mais moi d'ici, je te vois toi, et puis je le vois lui.

— Il dort?

— Il a réussi à s'endormir tout le mal!

Joseph se touche la poitrine.

— C'est là, lui, il dit, là au milieu, une balle.

— Approche-toi, dit l'homme.

Joseph s'approche.

— Penche-toi.

Joseph se penche.

— Écoute, dit l'homme, si on s'en sort; si on s'en sort tous les deux, toi et moi, tu viendras à la maison. Tu es du Midi, bon, c'est pas si loin. Tu prends ton train et puis voilà Dijon, et c'est là. Tu verras, la mère te recevra bien. On est là-bas, près des halles, sur une petite place; ma mère, c'est repasseuse qu'elle est; et puis tu verras, elle a trois ouvrières, on peut rigoler. Tu coucheras sur le canapé, en bas. Même, si tu mènes ta bourgeoise, ça peut faire, parce qu'on est bien dans la maison, on peut s'arranger : au second, il y a un postier qui fait l'ambulant, alors, il nous prête sa chambre. Moi, je travaille à l'imprimerie, bon, mais je sors à cinq heures, et puis tu sais, je leur dirai : « Aujourd'hui y a Joseph »; alors on ira chez l'Adolphe; on lui dira de nous faire des escargots à la braise...

— Oui, dit Joseph, oui, mon vieux.

Une vapeur toute blanche monte des arbres, comme s'ils étaient en feu. Le soleil voyage là-haut, au-dessus de la brume; une épaisse chaleur grise étouffe tout.

Là-bas, l'artilleur ouvre la bouche et il la garde un moment ouverte. Puis il la ferme et le sang fait une grosse écume et coule sur son menton : il fait ça deux fois, trois fois, de sa volonté têtue qui a amené un peu de couleur dans le liséré blanc de son œil mi-clos. Dessous le sang sa voix essaye de sortir; à la fin elle se désembourbe. Il dit :

— Boire!

— Lâche-moi, dit Joseph, tu entends, il veut boire, l'autre.

Joseph passe son bras sous la tête de l'artilleur, il la hausse doucement, il amène près des lèvres son quart de fer plein d'eau. La bouche sanglante est comme une bête; elle gaspille cette eau avec des morsures et des secousses, elle mord le fer à pleines dents. Enfin, d'un grand coup goulu elle se met à boire.

— Merci. Thérèse!

Une petite bave rose se met à frire entre ses lèvres. Joseph remue son bidon.

— Je vais chercher de l'autre eau, il dit.

Il regarde Jules.

— Tu entends, je vais chercher de l'eau. Reste tranquille, vieux, le temps de rien et je suis là. Ne gueule pas.

— Le corbeau!

— Alors, vieux, tu es un homme? Tu vas avoir peur d'un oiseau? Un oiseau! Fais-toi courage et puis, écoute, ne gueule pas, c'est pour l'autre. Il est tranquille, il est tout quiet, il a réussi à endormir son mal. Il fait tout ce qu'il peut pour rester quiet; il en a assez comme ça. Le temps de rien et je suis là. Et si la voiture arrive, fais-la attendre.

Au fond de la pente, derrière le coteau, trois maisons se regardaient en silence : une grange, une ferme, une étable. Sur la route un matelas crevé rendait ses tripes de laine. La grange était vide : au milieu, une flaque de pissat de cheval et une vieille courroie de cuir.

Joseph entra doucement : il regarda longtemps les coins d'ombre. Il ramassa la courroie et il se mit à la rouler bien serrée sur sa boucle.

Il y avait eu trois chevaux dans cette étable. L'odeur était encore vivante là-dedans.

— Elle a dû s'y mettre, il dit. En lui grattant un peu le toupet, une femme en fait ce qu'elle veut de ce cheval.

A la ferme, la porte dégoncée était dans l'âtre, à moitié brûlée et la poignée était tombée dans les cendres. Il marcha sur une chose molle, comme un chien mort : c'était une veste de velours roulée en boule, ça avait dû servir d'oreiller.

On entendait couler l'eau du côté de la grange. C'était un abreuvoir creusé dans un tronc d'arbre.

Dans la boue, tout autour, des empreintes d'hommes comme d'un troupeau avaient effacé les empreintes de moutons et de vaches, on n'en voyait plus que quelques-unes vers le pré, à l'endroit sec.

Il plongea ses bras nus dans le bassin.

Le soir venait. On voyait la nuit couler dans le jour gris comme de la fumée épaisse.

Il remplit son bidon.

— Ça a pas de chair un temps comme ça, il dit, c'est comme si on regardait des vitres.

Il s'assit au talus et il resta là à balancer son bidon plein entre ses jambes.

Cette odeur de ferme lui donnait l'idée de Chauranes et de son blé qu'il avait gerbé, grains en dedans, sur les aires.

— Julia... elle a du courage, il dit, la petite aussi, si seulement l'autre lui tourne pas trop autour.

Le bruit de l'eau coula dans sa tête. Ça faisait flotter devant son œil de grandes images avec des soldats et des troupeaux de canons et de charrettes bâchées qui moutonnaient au plein des routes et des hommes embrigadés comme des moutons, et des morts qu'on laissait un peu partout, écartelés au dos des talus.

— Pas possible!...

Il balançait le bidon à bout de courroie, puis la courroie glissa entre ses doigts relâchés. Un gros coup de sommeil l'allongea dans l'herbe comme une bête assommée.

JULIA SE COUCHE

— Ça sera du beau temps clair cette nuit, dit Julia, l'air a beaucoup de volonté et on voit Sainte-Victoire.

Le vent d'Alpe venait de prendre le dessus d'un crépuscule embarrassé de nuées, et maintenant, les bords du ciel étaient minces et comme l'aiguisé d'une faux. Du côté du soleil couché, le dos de Lure, avec ses fumées de charbonnières montait, dans une verdure céleste, belle comme une eau de pré.

— Tu vas où ? demanda le père.

— Donner aux bêtes.

A l'habitude des jours de vent, la nuit arriva toute noire d'un coup, avec ses étoiles allumées et sa grande traversière de lait.

Julia chercha la porte le long du mur de l'étable.

— Savoir si ça sera comme la dernière fois, elle pensait. Et rien qu'à ça, elle en était une braise. Elle releva la clenche de bois : oui, c'était comme la dernière fois; ça revenait; ça serait toujours comme ça désormais; chaque fois qu'elle viendrait ouvrir cette porte, elle aurait cet embrassement du foin frais, cette odeur qui lui faisait sonner les tempes comme un bassin de fontaine, cette odeur de foin et de cheval, cette odeur de vie épaisse qui lui râpait la peau comme une pierre.

Ah! l'autre fois, elle en avait lâché la fourche, et puis, en se baissant pour la ramasser, elle s'était emplie d'odeur à ras bord et le geste avait fait tourner sa chair au fond des linges, une chair grenue comme la peau des poules et toute prête à s'épanouir et qui languissait. Et ça avait été pour elle comme si elle avait eu la tête perdue dans des feuillages et du vent. A quoi bon fermer les yeux et se faire raide depuis le talon jusqu'au cou, puisque ça traversait les paupières et que ça connaissait les charnières qui font plier le corps, puisque, somme toute, c'était bon, puisque, tout compte fait, ça n'était pas défendu. Elle avait pensé au soir de ses noces tout chaviré de vin, et ce linge neuf alors sur sa peau, et ce corset qui serrait bien partout où il fallait, et puis le Joseph qui l'embrassait en écarte-lèvres, à grands coups de bouche, comme s'il mordait dans une tranche de melon.

Julia monta à l'échelle et prépara le foin en l'arrachant au tas. Ça sent épais, c'est épais sous la langue et sous le nez comme du gros vin. Ça semblait une grande fleur qu'elle ouvrait à coups de fourche. Chaque fois la fourchée fumait dans la lumière du fanal.

Elle revint vers la cuisine. Au seuil elle secoua ses jambes, elle avait de la poussière de foin plein sur elle, sous sa robe, Madeleine tricotait, ou bien elle arrangeait une de ses chemises, on ne savait pas; elle était presque en pleine ombre. Le père dormait, la bouche serrée sur son sommeil. L'horloge allait son train dique de là, daque d'ici. Ça n'avait pas beaucoup d'allant, tout ça! On a besoin parfois... Ah! c'était dur d'être séparée des hommes. Julia renifla dans ses mains cette forte odeur de gros cheval solide.

— Bonsoir, Madeleine, elle dit.

Là-haut elle alluma la bougie, puis elle la recula; la chaleur pouvait faire casser le globe de la pendule. Sous ce globe justement, il y a un morceau de bou-

46

quet en fleurs d'oranger, des fleurs de cire, et puis un bout de mousseline blanche; et voilà la photographie du Joseph et puis d'elle le jour de la noce. Ces gants de fil blanc, ce n'était pas commode! Le Joseph a de l'oranger à la boutonnière, oh! le monstre...

Elle défit son corsage, remonta la bretelle de sa chemise. Elle se baissa pour délacer ses gros souliers. Les seins pèsent. Le lacet de cuir est noué. Elle ferait mieux de s'asseoir. Son bras nu frottait son sein nu. Le sein est plus chaud que le bras. Elle tira ses bas comme on écorche un lapin. Elle les tire à la renverse parce que la semelle et le talon sont collés sous son pied par la sueur. Comme ça, en les étalant sur le dos de la chaise ils sèchent. Elle regarda ses pieds. C'est bon de bouger les orteils nus. Cette poussière de foin traverse tout : la maille du bas, le joint du soulier, tout, et on en est partout gluante. Elle s'essuya les pieds, elle restait à toucher une grosse veine bleue sur le devant du pied, une veine gonflée sous la chair comme un petit ver et qui tremblait quand elle bougeait le gros orteil.

Elle se leva, elle vint à la petite glace carrée pour se coiffer. Les dalles sont sous les pieds nus comme un pré arrosé où l'on patauge dans l'eau froide. Elle a toujours cette odeur de cheval sur les mains. Elle déroula ses cheveux noirs, lourds comme de la laine mouillée. Il aurait fallu les démêler au peigne; elle les tordait seulement sur son poing.

Ces seins, quoi qu'on fasse, on les sent : si on se baisse, ça pèse; si on relève les bras, ça tire là, dans la chair, comme une ficelle.

Le Joseph avait toujours sur lui cette odeur vivante, comme l'odeur du cheval, l'odeur du travail et de la force. Quand il se déshabillait, ça vous gonflait le nez : une odeur de cuir et de poil suant. Ça sentait comme quand on prépare les grosses salades d'été et

qu'on écrase au fond du saladier le vinaigre et l'ail
et la poudre de moutarde.

Elle délaça sa jupe et son jupon et elle les baissa à la
fois et puis elle tira ses jambes nues du tas d'étoffe.
Elle se frotta les hanches de toutes ses forces. Cette
poussière de foin est partout, on se dirait noire de
puces. Elle avait une grande faim d'être un peu nue
tout entière, d'avoir autour de la peau cette belle
nuit aigrelette, pleine d'étoiles, de se faire prendre
comme ça dans les bras froids du vent des Alpes, de
ce beau vent laveur qui vous mettait du petit lait
dans la cervelle.

Elle enleva sa chemise, prit le bon torchon rude
pour s'essuyer, puis elle souffla la bougie et elle s'approcha de la fenêtre qui soufflait des étoiles et du
vent. Elle passa le torchon épais sous ses seins, bien
autour, puis dessus avec la main ronde. Elle faisait
comme quand on essuie des petits melons tachés par
la boue d'arrosage. Et c'est vrai, avec toutes ces veines
et ce bout dur comme un bout de tige, on dirait bien
des petits melons, et craquants entre les doigts, et
durs. Elle a plaisir à essuyer comme ça le dessus des
seins. Puis elle frotta ses flancs et elle tendait la peau
pour aller au fond des plis de graisse. Elle y passait
le torchon, au bout de son doigt, comme dans des rai-
nures. Elle frotta ses cuisses rousses.

Le vent volait haut dans la nuit, comme un gros
oiseau. A cette fin d'août la terre sentait toujours le
blé par ses éteules et par ses gros gerbiers, abandonnés
des hommes, qui rôtissaient sur les aires. La nuit
s'était calmée et il faisait chaud.

Toute la chair de Julia respirait et prenait son plaisir
d'être libre et sans poussière et de porter son sang
enflammé jusque contre la tiédeur de la nuit. Elle luisait
dans l'ombre. Elle se regarda. Elle se voyait dans le
bain de la nuit, elle se voyait maintenant depuis ses

48

seins jusqu'à ses pieds, en bas, au fond de l'ombre.

Elle a deux plis sur les hanches qui descendent vers le bas du ventre. Son ventre est plat, lisse comme une meule d'aiguiseur. Elle saute un peu sur ses talons. Le globe de la pendule tinte. Ses seins ne bougent pas, ils sont là, plantés dans leur solidité, comme bâtis avec de la pierre de la colline. Le Joseph disait :

— C'est des raves d'hiver; fais voir tes raves d'hiver; donne tes raves d'hiver...

— Joseph!

Le bout des seins se gonfle comme un bourgeon de figuier. Ah! on a le cœur aigre comme cette ancienne odeur d'homme et de travail.

Elle vint découvrir le grand lit. Il en a tellement l'habitude que la place du Joseph est encore formée et que, dans le blanc des draps, ça fait comme un homme d'ombre couché là. Elle tira le drap, le tendant pour effacer... La place du Joseph est toujours là.

Elle passa sa chemise propre. Elle s'allongea sur le lit à sa place, laissant à côté d'elle l'homme d'ombre.

Le sommeil vint tout de suite, et, juste au bord, Julia renifla sur sa main l'odeur du cheval, puis elle mit sa main entre ses cuisses et s'endormit.

A LA CHARITÉ DU MONDE

Déjà la roue lui écrase la jambe, mais le cheval qui était attelé en flèche se cabre et lui retombe sur le ventre à pleins sabots...

Joseph se réveille. Il a la bouche ouverte sur un cri. La nuit épaisse là, tout autour, tremble encore sur un cri.

— La nuit? Comment? On m'a laissé, alors?

Il cherche le bidon dans l'herbe. Il entend encore le cri, ça vient du verger là-haut.

— Jules! Ah! J'ai dormi.

Il court dans la terre grasse.

Il cherche sous le pommier.

— Jules! Jules!

— Salaud, dit l'autre, les dents serrées, salaud! Race de salauds! Tu es parti; tu veux me laisser. Fils de putain! Je te connais maintenant!

Joseph cherche à mains tremblantes dans l'herbe. Il touche le corps couché et tout tordu, et le grand souffle qui bout de colère et de peur.

— Jules! Donc, Jules! Ne te fais pas tort. Pense, dis-moi... Je suis là. De l'eau, tu comprends, de l'eau pour toi et pour l'autre et puis, c'est ce sommeil, Jules; c'est plus un homme alors ça? Plus rien à faire alors?

— Salaud, salaud, dit l'autre doucement.

— Tu t'es traîné dans la terre avec ta cuisse comme elle est? Non, alors! Et ta raison; et ta raison, vieux! Plus de confiance, alors? Et moi...

— Ça me fait mal!

— Ah! vieux, tu vois! Sur ton lit d'herbe tu serais et j'avais tout endormi en tout plaçant. Et tu t'es traîné dans la terre! Qu'est-ce que tu veux, vieux, aide-moi, si je suis seul moi aussi, Jules!...

Le lit d'herbes est là, pas loin, et la couverture tout en paquet; cette nuit torride est dure autour des gestes comme un mur.

— Viens, dit Joseph, viens, fais-toi mou dans mon bras. Ah! j'endure moi aussi.

— J'ai mal!

— Dis rien, vieux, ne parle pas. Tu vois, j'avais bien placé ta jambe et puis, voilà maintenant, c'est à refaire, et là, dans la nuit!

Il essaie de rendre douces ses mains rudes et les boudins de ses doigts sont là à tâter doucement Jules; il passe sa main sous le cou de Jules; l'autre main là, dans cette chose chaude et boueuse qui est l'alentour de la blessure, et puis, quand il est là, il bande sa grande force et il tire lentement pour amener l'homme au lit d'herbe. Un ronflement de douleur déborde de Jules, et Joseph est tellement lourd de sa pitié qu'il voudrait la vomir, s'en débarrasser, la vomir là au bord de la route, la laisser et s'en aller, mais plus endurer ce qu'il endure : cette force qui n'est plus qu'une petite eau perdue à lutter contre le mal des autres.

— Doucement, vieux, doucement. C'est fini. Voilà! Ça va passer, ça va s'endormir comme tantôt, ne pleure pas. Je voudrais te l'enlever avec la main, ton mal.

La nuit est dure comme du ciment. On n'entend que les gémissements au ras de la terre.

— Reste là, reste à côté de moi, ne pars plus. Tiens-moi la main, ne lâche pas ma main. Reste là, j'ai peur tout seul. Et puis, parle, parle-moi. Dis-moi des choses. Dis. Parle, ce que tu veux, je m'en fous, mais parle. Je vais mourir. Qu'est-ce que j'ai fait pour mourir là tout seul? Comme une bête. Tout seul. Dans la terre! Parle... On vient pas me chercher. On l'a dit et puis, tu vois... Ils sont partis, on m'a laissé. On me laisse. Tout seul. Parle, je vais mourir.

— Vieux, mon vieux, fais-toi raison. Non, oui, je parle. Non, c'est pas vrai, je suis là. Je laisserai pas faire. Non, Jules, on nous a pas laissés. C'était trop plein. Y en avait trop, trop; le lieutenant a dit on viendra. Fais-toi raison, vieux, vieux!

Il lui caresse le visage, sans savoir, avec ses mains dures pleines de peaux mortes et de crevasses. Sa main fait la râpe sur le poil des joues.

— Je suis contre toi, tu vois, je reste avec toi.

Il fait semblant d'un peu rire.

— Je te prends à la brassette, tu sens? Je te serre, tu sens? On s'aime bien. Restons-là. Ne bouge plus. Laisse, tout va s'endormir comme avant. Fais-toi du calme. Dis, tu te souviens, j'irai te voir à Dijon. Ne t'inquiète, on n'est pas seul, on est deux, on est tous les deux.

Il n'y a rien dans le silence là autour. Plus rien : ni la terre, ni les arbres, ni les herbes, plus rien. C'est un silence de plein ciel, dans l'abandon du ciel.

— Je suis là, moi, dit Joseph, n'aie pas peur!

— Oui, répond Jules.

Du côté du nord, derrière les collines, un grand incendie s'est allumé. Le feu est loin. C'est toujours le silence. On voit seulement palpiter la lueur. Ça reste longtemps à danser contre la nuit, puis ça s'est arrêté de bouger et c'est resté en barre rouge, comme de la braise, là-bas, au fond.

L'artilleur appelle :

— Thérèse!

— Oui, répond Joseph, je suis là.

L'autre s'est mis à parler. C'était tout barbouillé de râles et de cette respiration qui se gorge au plein de l'air. Joseph a entendu : « le petit », puis « seule » puis : « seule! » encore une fois, puis « le petit » « le petit »!

— Eh oui, le petit, a dit Joseph, oui, ne t'inquiète va!

Ça a fini dans un gargouillis, puis l'autre a craché une chose molle sur sa couverture. Il respire mieux. Ce doit être une petite motte de sang caillé.

Jules dort.

— Qu'est-ce qu'il a dit, au juste, le lieutenant, pense Joseph? Il a dit : « Reste avec eux, la voiture reviendra dès qu'on pourra. » Savoir si c'est pour de vrai? Dès qu'on pourra, ça veut dire tout de suite. Non; ça veut dire... Enfin, oui, si seulement l'ambulance est par là-bas. Alors, elle vide et elle vient recharger. Si c'est plus loin, alors ça peut durer un peu plus. Comment c'est le nom de ce pays déjà? Bezoncourt? Bezancourt? Alors, la voiture va à Bezancourt, elle se décharge, elle vient recharger, et voilà. A moins que d'ici là, sur la route, on en ait laissé d'autres, et puis : quatre d'un côté, quatre de l'autre, ça donne bien huit places. Parce que Jules, si on y faisait quelque chose tout de suite, je crois que oui, oui, je crois que ça y ferait.

L'aube est venue toute sournoise. Là, l'artilleur est mort. Il a essayé un long soupir et, au milieu, c'était fini...

Jules dort toujours. Il est rouge à la pomme des joues et pâle autour sous sa barbe.

— L'a pas mauvais air, pense Joseph.

Alors oui, pour l'artilleur ça s'est calmé. C'était encore un peu de vie qui lui soutenait la poitrine ronde, maintenant ça fait le creux comme un toit cassé.

53

— Il faut que je le charrie, celui-là, dit Joseph. On peut pas le laisser là à côté. Pour les mouches, et puis pour tout.

Il s'est dit :

— Raide ou pas raide? Qu'est-ce qui vaut mieux. Attendre? Si j'attends, le Jules va se réveiller, et puis c'est pas dit que raide, ça soit plus commode. Le tout, c'est de me le plier sur l'épaule, la tête derrière.

Il a soupesé le mort en le prenant aux hanches :

— Allez, on y va.

Et puis :

— Attends, vieux!

C'était dur pour le relever en plein.

— Allez, vieux! Allez...

Et il haussait à mesure à petits coups jusque sur son épaule.

— Là!

Et il est parti à marcher à travers le champ.

Il est allé le coucher derrière la haie, là-haut. Il a pris la plaque : c'est un nommé Célestin Bourges.

*

Le jour est tout en brumes. On n'a pas d'arbres, on n'a pas les collines, ni rien. Tout est par là-bas, derrière le mur blanc. Ça a juste un peu laissé l'herbe où on est assis, où Jules est couché et puis une tache noire : le tronc du pommier, là où l'artilleur est mort.

On n'a rien. Jules s'est éveillé. Il a ouvert les yeux. Il a regardé Joseph, puis il s'est mis à regarder un grand morceau de brume et il est resté comme ça. C'est gris et c'est toujours pareil. Mais Jules a l'air d'y voir des choses. Comme dans une profondeur.

Puis Jules a fermé les yeux.

— Elle viendra, oui, cette voiture?

La brume est brillante comme du sucre.

— Elle viendra, oui, se redit Joseph?

Il y a une odeur de pourriture, là, tout autour. Joseph s'est dressé. Il est resté un moment debout pour voir si Jules se réveillait. Non, il est entré bien profond dans le sommeil. Alors, cette odeur? Et Joseph est allé voir l'artilleur. Il est couché toujours pareil. Il a la figure dans la terre. La terre est humide dessous, mais ça n'est pas là que ça sent. Non, ça ne sent pas encore ici. Et au contraire, c'est en venant ici que l'odeur s'est en allée et c'est en revenant près de Jules que l'odeur revient aussi. Et forte cette fois. Alors?

Il met la main sur l'épaule de Jules. Il est à deux genoux là à côté de lui.

— Jules, il a dit, Jules, mon vieux! réveille-toi. Doucement. Réveille-toi doucement, mon vieux!

— Quoi? crie Jules, quoi, la voiture?

— Non! Écoute...

Et puis Joseph s'est décidé et toute sa voix tremblait.

— Va falloir que je regarde un peu ton mal, vieux!

Il enlève la couverture.

Oui, c'est là! Il écarte ce drap du pantalon tout mâché et les paquets de pansements déroulés et puis celui qu'on a laissé en paquet dans le trou. C'est là. La plaie s'ouvre. Ah! l'odeur!

Mais qu'est-ce qu'on a fait au bon Dieu?

C'est tout en lie de vin là-dessous, ça bouge comme un lait épais qui va bouillir et mousse doucement.

— Oh! crie Joseph sans y penser, comme s'il appelait tous ceux qui sont là-bas de l'autre côté de la brume.

— Quoi? répond doucement Jules.

— Rien, mon vieux, rien! Ça semblait... Ça va quand même pas trop tarder maintenant qu'on vienne. Ça te fait mal?

— Non, je suis tout raide.

— Tu as soif?

— Ne me fais pas penser.

— Bois, bois un peu, ça te mettra de l'humide là, au gosier. Voilà. Et puis, je vais remonter la couverture. Là, tu vois. Pas mal? Bon! on reste là. Attends, je vais jeter ça.

Et il lance de l'autre côté de la brume les pansements pourris.

La raideur, comme un pieu, a repoussé la tête de Jules en arrière. Son regard est en haut de ses yeux comme pour regarder ses cheveux. Il a dormi les yeux ouverts. Il a mâché longtemps de l'air tout en dormant. Il mâchait; il goûtait l'air; entre ses lèvres on voyait bouger lentement son épaisse langue blanche. Enfin, il est parti pour les grands pays du dedans de sa tête et il s'est mis à parler :

— ... Je t'ai vue d'en bas. Tu as fait ça avec la lampe. Tu as regardé dans l'escalier. J'ai vu ta main sur la rampe. Dis pas; je t'ai vue. Moi, j'ai compris. J'ai poussé la porte fort exprès. Ah! écoute. Pas sur le palier, va doucement, on dort dessous... C'est chez l'Adolphe qu'on était. Tu te fais des sangs, la vieille, et pourquoi, je te demande? Et pourquoi je te dis, voyons! tu vois. Pense un peu, et de quoi? Je te l'ai dit, tu te gèles là sur le palier. A quoi ça sert? Je tiens le coup. Je monte, j'ouvre, je me couche. Tu sais, quand j'ai bu, moi, j'ai le vin noir. C'est encore le coup de la Rose qui te va? Ça te va et ça te vient. Ah! ma mère, t'as un corps pas ordinaire, toi. Tu te figures donc, je suis plus au maillot. Et allez, tu te crois; on sait où on va. C'est pas une enfant, Rose, mais c'est le métier, ça, ma mère! C'est tout en plomb au bout des doigts, et puis, t'es là sur la casse et tu suçotes, et tu suçotes. Si t'avais pas un verre de dur à t'enfiler de temps en temps. C'est vrai, tu sais, tu l'aimes ton fils ? On crèverait de coliques. Et tu t'inquiètes ! Laisse faire, va !

Ah ! J'en ai assez, moi, tant pis, je bouge plus. C'est loin le village ?

Joseph ! Joseph !

— Oui, vieux ! Oui, je suis là, je t'écoute.

— ... M'écoutes ? Je dis rien.

— Non, mais je t'écoute.

— Vieux, dis ?

— Quoi ?

— Parle-moi un peu, toi... Parle... Ah ! c'est dur !

Il a mis son bras sous la tête de Jules ; mais on ne peut plus relever la tête de Jules ; on ne peut plus le serrer contre soi avec sa chose molle d'homme qui est la vie et la chaleur, et la vérité du corps qui vit, il est dur et raide comme du bois coupé. Joseph s'allonge tout de son long à côté de Jules et alors il peut le serrer contre lui.

— Écoute...

Il peut le serrer contre lui. Il est comme lui tout allongé sur la terre et ça n'est pas ses jambes saines à lui qui vont y faire... ni ses bras, ni rien, rien.

— Écoute, il dit : écoute... Je vais te dire...

— Oui !

C'est surtout avec ce qu'on a au plein du cœur qu'on peut y faire, et alors tant vaut s'allonger et être bien près pour qu'il sente.

— Écoute, je vais te dire, vieux ! tu vas voir. On est là, tous les deux, on s'aime bien. Alors moi, ma ferme c'est « Les Chauranes ». Elle est à Valensole, sur le plateau ; elle est au beau milieu des amandiers. Écoute, mon vieux ! tu verras, tu verras ! on descend un peu le chemin et c'est noir de nuit, parce que on s'en va ainsi dans le verger aux noyers, de beaux arbres, vieux ! t'en as de l'air humide jusqu'aux genoux, tant c'est d'ombre; et t'as les pierrailles toutes en mousses. Et c'est juste à deux pas. Tu bois le café dans la cuisine; si seulement c'est là, devant la porte vitrée que tu es, tu vois tout. Et alors la Julia elle dit : « Ramasse-m'en des vertes; je te fais du vin de noix. » Et puis on en met dans le bocal avec de l'eau-de-vie et ça reste vert, et puis on en fait la confiture. C'est la mère, tiens, qui avait le tour de main pour faire ça.

Jules semble tout endormi, puis :

— Parle, il a dit, alors, les noix...

— Alors les noix : si c'est d'obligation que tu partes un matin de froid sur la charrette et avant le café, ça c'est de règle sur le plateau, tu t'enfournes une noix de confiture en pleine bouche et alors, t'as à mâcher pour un bon temps d'abord, et puis ce sucre-là ça te graisse l'en dedans du gosier et tu es tranquille, c'est mieux qu'un foulard. Tu verras, vieux!

— T'as des vignes?

— Des vieilles. Ça fait ça par habitude. J'en ai : le pied qui est juste à la porte de l'écurie, tiens, même le père voulait l'arracher il me disait : « Pour monter les balles au grenier... ». Je lui disais : « Eh non! on fait attention. Tiens, ce pied-là je l'ai donc laissé, il est vieux, va savoir! Est-ce qu'on sait? Il te fait encore des grappes qu'avec trois tu fais une couffe, non, mais le reste c'est vieux. C'est pas la région chez nous; et puis nous en plus, on est sur le pauvre de la terre, tu sais; c'est pas comme chez toi. Là, alors, oui; mais le plateau, non, mon vieux! Vieux?

— Oui.

— Ça te fait mal?

— Quoi? Non, ça fait pas mal, parle...

La brume est vide, le temps tourne.

— Sur ce dessous qui est en blé et par les champs, c'est tout du blé dessous les arbres; ça va comme ça loin. A des moments tu n'entends plus rien, et puis tu entends tout le blé. On a quatre chèvres. On a un gros cheval : c'est Batistin, Titin. Tu lui dis ça il marche. Il a un toupet de poils, là, sur la tête; tu le grattes, tu en fais ce que tu veux, même une femme. Moi, si je herse, je lui dis : « Titin, allez! » Et puis je monte sur la herse tout droit et il traîne tout, partout dans les champs. Des fois, quand c'est encore un peu mouillé, la terre fait la motte, alors on monte et on descend comme dans une barque : Allez, hop! Allez, hop...

Jules respire du même élan que la voix : il est là derrière cette voix qui le soulève et qui l'entraîne et qui le mène... Il vient de faire ce ronron du petit qui se frotte contre la joue de son père.

— Et Julia se met la robe... Alors, on va à Bras, c'est dans le fond vers l'Asse : c'est la rivière; l'été c'est sec et on passe sur les pierres. Et là, tu vois, c'est là qu'en premier, elle et moi, on s'est pris la main et puis, on est resté comme ça, sous ce chêne-là, un petit chêne tout vert : on se disait des choses de rien; on se regardait les yeux. Moi, tu sais, j'ai pas d'audace. Tu as mal?

— Oui, Parle...

— Et voilà, et voilà mon vieux, et voilà! Qu'est-ce que tu veux, c'est comme ça... Et va t'en faire contre!... Ah! Écoute, écoute! C'est le dimanche. Ça sonne de partout et on entend tout ça de là-haut. Et Julia met sa robe : et tu y es. T'es là. On a mis la planche derrière la voiture et on va à Bras, et c'est le bal; et tu y es, vieux! En avant. Et que ça tourne!...

— Non, dit Jules, non. Je sais, menteur! Parle doucement.

C'est seulement à la nuit que Joseph s'est lassé de tenir dans ses bras cette chose raide, froide et morte. Il s'est dressé. Il a regardé Jules étendu.

— Eh oui! il a dit...

Puis il lui a pris sa médaille. Il a regardé s'il avait bien les deux médailles dans la poche et il est parti sur la route... Il n'y a que le bruit de son pas dans le grand silence.

LA MOUCHE À VIANDE

— Madeleine, dit Julia, si tu faisais une chose bien faite, tu prendrais un panier à couvercle et tu irais porter le lapin chez Mlle Delphine; elle a vu le père avant-hier et elle a dit que sa sœur de Paris était arrivée.

Et Julia cligna de l'œil avec malice du côté de la belle après-midi. Le père lisait le journal.

Le chemin de Valensole s'en allait à plat sous les amandiers, puis il se cassait sur la pente, il descendait dans la rive du plateau, à travers un bois de rouvres.

L'automne coulait tout doucement vers sa fin. Les vignes n'avaient déjà plus de feuilles et le vent ne s'arrêtait plus sur le coup de midi; il dépassait donc les midi, comme des choses de rien, et il restait à courir jusqu'au soir : il emportait des nuages de toutes les couleurs. Des fois il était encore là au plein des nuits.

Madeleine s'arrêta sous les derniers amandiers. De là, on était juste en face des Gardettes, vers ce côté des soues, Olivier était à nettoyer les porcs : on voyait les fourchées de fumier qu'il jetait et qui restaient là à fumer par terre.

Elle se mouilla les lèvres et elle siffla un bon coup. Puis quatre bons coups espacés, pour bien indiquer cette heure de quatre heures où elle comptait revenir.

Olivier sortit des étables. Il cherchait. Elle siffla encore un coup pour se faire voir. Alors Olivier dressa le bras, puis il siffla lui aussi pour dire oui. Avec le coulant de son sifflet, lui, il disait tout ce qui lui passait par la tête, et c'était juste, et c'était dit comme une voix « Oui, ma belle! à quatre heures! »

La chênaie était bien fatiguée par cet hiver tout en nerfs et en vent. Ça sentait le frais de la feuille morte et le chemin ne parlait plus sous les pieds.

Belle heure, ce tantôt au tombé du jour, vers les quatre heures; juste le soir, mais juste un peu, et on se voit. Et je le ferai mettre là, du côté gauche, elle pensait, et je verrai ses yeux, comme ça, parce que c'est du côté droit, qu'il reste du jour; et s'il vient un peu à ma rencontre sous les chênes, jusqu'à l'oratoire seulement alors, on pourra s'embrasser. Elle le savait, Julia. Et plus que huit jours, puis il part lui aussi.

Elle descendit par cette rue de l'église. Il n'y avait personne devant les portes. Dans les fenêtres on voyait les âtres en braises rouges. Sur la place, la fontaine était seule avec une petite fille qui poussait une grosse ramée d'oliviers dans le guicheton d'une écurie à chèvre.

— Mademoiselle, c'est moi et le lapin.

— Monte, ma fille.

— Tu vois, Clémence, dit Mlle Delphine, voilà la fille de Jérôme. Tu vois si ça fait une belle fille. Et celui-là, où nous allons le mettre? La dernière fois... Madeleine, si tu étais brave, sais-tu ce que tu ferais? C'est vendredi, ça ira bien jusqu'à dimanche, avec ce temps et du vinaigre, tu devrais me le tuer.

— Pas devant moi, dit Clémence, pas devant moi, c'est plus fort que moi, je ne peux pas supporter. Ah! non, non, ma petite, elle dit à Madeleine qui a déjà haussé le lapin par les pattes de derrière.

— Va dans la cuisine, ma fille, dit Delphine.

Elle s'assoit dans son fauteuil. Elle lisse ses genoux gras.

— Tu supportes ça, toi, dit Clémence?

— Je n'y prends pas beaucoup de goût, mais c'est à faire, on le fait.

Madeleine a tapé d'un bon coup de poing sur les oreilles du lapin. Il saigne à plein museau dans un bol, on a entendu le coup d'ici.

— Tu me l'écorches et tu me le vides, n'est-ce pas, ma fille, dit Mlle Delphine. Tu as un tablier pendu derrière la porte, et puis le hachoir et puis la planche. Tu es une brave fille, va.

— Et alors, toi, elle dit à Clémence, continue maintenant.

— Où j'en étais?

— Quand le camionneur t'a laissée à Gargan et que tu as rencontré cet homme en bras de chemise qui s'en allait avec ses registres sous son bras : et la petite fille qui criait derrière : Papa, Papa! Et puis ce chasseur d'Afrique...

— C'en était plein de chasseurs d'Afrique et tu les voyais qui s'en allaient par dix, là-bas dans les champs; puis ça s'en revenait en galopant : il y en a un qui coupait des raisins à une treille avec son sabre.

— Oui, tu en étais là : avec son sabre...

— Avant, Delphine, dit Clémence qui met sa grasse main rose sur le bras de sa sœur; avant, que je te dise pour le lapin. Ne fais pas de civet, le sang cuit trop, ça n'a plus de goût : voilà ce que tu fais : tu fais revenir la viande au poêlon avec des oignons et de la tomate, puis, quand c'est cuit, juste avant de servir, tu verses le sang frais là-dedans, juste avant de servir, juste avant. Le sang frais, ça t'a un goût!

— Avec du thym, pourtant!

— Oui, du thym et puis de tout, comme d'habitude, et puis tu verras ce que je te dis.

...Alors, moi, j'allai jusqu'à Villeparisis. C'était tout désert. Au carrefour du chemin d'Annet, dans l'ancien four à chaux, tu sais, il y avait une ambulance. Je vais au Major; je lui dis : « Signez-moi mon papier. » Il me le signe. Il avait l'air inquiet. Il regardait dehors, écoutait en arrêtant sa plume. Après, je lui dis : « Vous ne croyez pas, Monsieur ? Pour Jablines, qu'est-ce que vous en dites ? » — Le pont est sauté qu'il me dit. — Et alors ! » Il roulait une bande de pansement. « Un soldat vous passera », il dit, puis : « Filez vite, d'un moment à l'autre on peut avoir des blessés. Allez, madame, on a pas de temps à perdre. »

Ça l'avait rendu ours, cet homme. Ça s'est fait comme ça : un soldat m'a passée, il avait la tête bandée. « Vous donnez pas dix sous ? » il m'a dit. « C'était la carte forcée; je lui ai donné ses dix sous. Je pensais « Quand tu seras dans ta maison... »

Mais là, ma pauvre, ça en a été des histoires, ah ! oui; quand on est qu'une femme ! D'abord ça s'est vidé de monde, les chemins en ont été à pleins bords tout le jour et puis il a passé un petit garçon tout seul. Il portait un œuf dans sa main. Puis il a passé une oie; elle criait après le garçon. Le petit criait après ceux qui étaient devant. Ça semblait tous des fous.

Au milieu de la nuit, la maison s'est mise à craquer, et puis ça a tapé dans le volet. Je me suis enfoncée sous les couvertures. Le lendemain j'ai vu. C'était le lierre. Tu sais, le lierre, tu te souviens du gros lierre ? C'était lui. C'était lui, Delphine : il avait lancé son bras sur le volet et il essayait de l'arracher. J'ai dit : « Attends. » Je ne suis pas partie, moi. Je me suis mise près de la fenêtre avec mon bâton et j'ai guetté tout le jour. Et quand il s'approchait trop près je tapais de toutes mes forces. « Tu te lasseras, je disais. » Il s'est lassé quand il a eu le bras cassé.

De tout ce temps-là, ça avait galopé dans ce chemin pavé, et il en passait, et il en passait! Et de l'autre côté de la Marne c'était tout le temps du clairon, et là-bas, loin, des coups de fusil. Et puis le canon. « Ah! je disais, assez, assez, en me bouchant les oreilles. »

A un moment, là-dessous, des hussards ont traversé la Marne. Puis ils galopaient là-bas. Puis je les vois autour d'une meule. Ils tapaient à coups de sabre. Va savoir sur quoi.

C'est le lendemain que j'ai pris la montre, puis je me suis dit : « Tu vas écrire à Delphine quand tu seras à Paris et tu t'en vas à Valensole. »

En arrivant à Annet, devant la villa « La Coquette », tu sais, on avait attaché Shumacker à la grille de devant. Je me dis : « Et pourquoi? » Tu te souviens, c'est celui-là qui faisait de si jolis souliers. « Et pourquoi » je me dis. J'avance. Il était mort, mais là, mort, Delphine, mort tu sais. Le pauvre était tellement couvert de mouches qu'il en bougeait.

— Voilà, dit Madeleine en ouvrant la porte de la cuisine : j'ai pendu la peau à la fenêtre. J'ai mis le foie dans un bol. J'ai fait sauter le fiel. J'ai coupé les pattes. J'ai bien arrosé de vinaigre dans le ventre, comme vous m'avez dit. Les tripes sont dans le seau. C'est tout prêt. Mais vous devriez aller voir et le rentrer, il y a une grosse mouche dans la cuisine.

DEUXIÈME PARTIE

LE PRINTEMPS SUR LE PLATEAU

Madeleine s'essuyait vite les mains au torchon de l'évier; son corps déjà tout en élan vers ce coup de sifflet revenu, elle allait sortir quand le père est entré.

— Viens ici, il a dit, viens lire et appelle Julia.

De la fenêtre ouverte sur le printemps on peut aller jusqu'au fin fond sur les montagnes bleues, à travers la fleur des amandiers. Et là-bas, sous les rouvres, Olivier siffle.

— Aussi, c'est toujours... commence Madeleine.

— Aussi quoi? dit le père.

— Rien, donne.

Et comme ça, elle prend la lettre de son frère et elle ferme la fenêtre.

— Julia! appelle le père.

Elle entre. Elle prend tout le large de la porte avec sa bonne chair de santé, taillée au fin couteau depuis la tête et le plein du cou jusqu'aux beaux pieds. Ses longues cuisses gonflent sa jupe. Elle lisse ses cheveux noirs et luisants comme l'huile de fond de jarre.

— On a une lettre, dit le père, lis fort, Madeleine.

Il s'appuie sur sa canne et tend la bonne oreille. Julia regarde cet au-delà des vitres, où il y a le printemps, la montagne et les amandiers fleuris.

« Chère femme, cher père »,

— Ça date de quand ?
— Le 22 de mars ;

« Chère femme, cher père,

Je viens vous donner un peu de mes nouvelles qui,
pour le moment, sont très bonnes. Quand j'ai reçu le
paquet, on faisait des marches, et vous savez que moi,
je ne profite guère en cours de route pour mes pieds.
Alors, j'ai attendu. Je te remercie de l'andouillette.
Il faudra me mettre un morceau de saindoux pour
me graisser les pieds que c'est toujours pareil, comme
à la maison. Je peux pas marcher une heure sans
m'entamer. Encore, depuis que j'ai ces souliers de
repos ; je me les mets en arrivant. Seulement, ça prend
l'eau. Ces jours-ci j'ai reçu une carte de la cousine
Maria qu'elle m'a bien fait plaisir, surtout de voir
qu'elle prend bien la vie du bon côté. Je voudrais
lui faire réponse, mais elle a tellement mal mis l'adresse
qu'on ne peut pas comprendre, le nom est tout gri-
bouillé. Si elle a changé de ferme elle viendra « Aux
Chauranes » pour sûr. Je la connais. Faites bien attention à pas lui prêter mon brabant double. C'est ça
qu'elle guette. Et vous savez que elle, pour rendre...
— Attends, dit le père ; il se tourne vers Julia : En
parlant de ça, tu as pensé au brabant ?
— Il est pendu, elle dit, par le crochet et par les
mancherons ; je l'ai regardé, le bois est en ligne, ça a
pas bougé ; et ça fait déjà presque un mois que j'y
verse les fonds de burette sur le fer.
— Bon ! Parce qu'il faudra penser à s'en servir.
C'est à Saint-Firmin qu'elle est, Maria ?
— Oui, « Les Chauvinières par Saint-Firmin ».

— Va!...

« Ici, ça n'est pas trop gai, mais il n'y a rien à faire! Enfin, qu'on retourne, c'est tout ce qui nous faut... Tout à l'heure il tombait une petite neige. Maintenant il pleut. N'oubliez pas le saindoux. Chère femme, où j'étais avant, c'était dans une ferme et ils ont trouvé un moyen pour le fumier de cochon. Je voyais qu'ils le mettaient aux petites plantes. Alors j'ai dit ça brûle. Ils m'ont dit non, parce que c'est le pissat qui brûle et qu'ils ont fait une rigole, alors ça coule dessous le fumier et on peut mieux s'en servir. Le secteur est pas mauvais. C'est des territoriaux qu'on a remplacés. On n'a qu'à pas faire les imbéciles et on est tranquille. Celui que je vous avais dit qui était de Perpignan, vous savez qu'il était dans une fabrique de sandalettes, il a été tué hier, mais ça a été par sa faute. Moi je suis pas de ceux-là. Maintenant on m'a dit que peut-être nous irions à la grande bataille. Je peux pas vous dire le nom, vous devez comprendre ce que je veux dire d'après les journaux. Il ne faut pas s'en faire. Ça des fois, c'est pas sûr. Enfin on est bien obligé. Ah! j'ai encore une chose à vous dire : j'ai su par un de Valensole qui est de liaison au Colon, que le fils Bonnet avait été tué. Vous direz à sa mère que je prends bien part. Aussi je veux vous dire que vous êtes de gros couillons d'avoir laissé échapper l'occasion de la ferme du Casimir; puisque c'était à vendre, il fallait l'acheter, quitte à la laisser en herbe. Moi, au retour, ça irait. Qu'est-ce qu'il devient celui-là, le Casimir? Comme vous me dites que le fils Olivier va monter au front, ne laissez pas échapper l'occasion cette fois. Ces jeunes ils veulent toujours faire les imbéciles; il peut être tué ou, sans ça, comme il ne reste que le grand-père et la mère ils pourraient vouloir vendre leur pièce du bas des côtes, ça nous arrangerait. Nous, là, nous avons une pointe que c'est de la terre perdue, qu'au lieu ça s'arrondirait. Père, fais-y attention à ça, et surveille-le. Dès qu'il part, va voir la terre, tu verras. Je ne vois plus rien à vous dire. J'embrasse ma sœur Madeleine et souviens-toi bien de ce que je t'ai dit, j'y pense.

Je t'embrasse ma chère femme et père.

JOSEPH. »

Julia soupire. Madeleine lui donne la lettre. Elle la plie encore une fois, puis elle la met dans la poche de son tablier.

— Il a raison, dit le père. On n'a pas été fins. Faudra surveiller ça des Gardettes. L'Olivier est là aujourd'hui pour son dernier jour. Sur le tard, j'irai voir la terre.

Julia a fait un petit geste et le père s'est arrêté et l'a regardée.

— Celui de la mairie est déjà par les champs, elle a dit.

— Pour qui? dit le père, en desserrant juste les lèvres.

— Ah! c'est encore là fait Julia en se tapant la poitrine. Il venait en face de la porte. Alors, j'ai... Et il m'a vue sortir, là comme ça. Il m'a fait : Non, avec la main.

— Et alors qui?

— L'Arthur des Buissonnades.

— L'Arthur! dit le père. Ce grand-là? Celui de la Félicie? Celui qui savait si bien enter la vigne? Celui qui nous a aidés ce mauvais an de l'orage? Celui-là, ce bel homme?

— Oui, dit Julia, celui-là! La Félicie reste seule avec son petit!...

— Donne ma canne, dit le père, j'y vais. Une femme seule! Seule avec ça tout ce beau jour. Salaud de temps!

Il prend sa canne; il sort. Il fait péter la porte à toute volée sur le printemps.

Madeleine, le front contre la vitre, regarde son père. Il se dépêche tant qu'il peut dans le chemin des Buissonnades.

— Ça en fait des morts, dit Julia.

— Ça en fait des morts, elle dit encore. Ça n'a pas l'air d'être possible. L'Arthur! Tu te souviens, Madeleine?

Madeleine pleure contre la vitre.

— Et c'est sur nous, dit Julia, tant pour les uns que pour les autres! Madelon, on n'y pense pas assez, nous autres.

Et Julia retourne à l'étable.

Madeleine a le froid de la vitre contre le front : les larmes ont coulé sur la vitre et ça a tout brouillé. Tout ce qu'on voit de ce plein milieu des blés verts et de ces amandiers fleuris et de ces hirondelles, tout ça a été brouillé par les larmes. On ne voit plus, c'est tout tremblant. L'Arthur! Il ne tient pas de près cet homme, mais ça fait pleurer quand même d'apprendre. Si bel homme! Si bien planté! Et puis ce rire qu'il avait. Non, ça a tout brouillé, ça a tout effacé, c'est tout trouble.

Il n'y aurait qu'à ouvrir la fenêtre, tout redeviendrait clair. Les amandiers et sur le blé ces ombres rondes comme des pastèques. Et ce vent frais comme tiré de l'eau. Les tulipes, les hirondelles, ces fleurs d'amandiers qui tombent. Si on vient boire son lait au seuil on en a vite plein le bol à plus oser seulement les enlever. On les boit, on les retient dans la bouche avec les dents. Quand on a bu, on les mâche et c'est comme de l'eau amère.

Alors, de ne pas penser toujours à la mort comme nous devrions, nous, nous avons aussi un peu d'excuses, Dieu!

★

Jérôme a rattrapé celui de la mairie, juste à la croix des chemins. On commence déjà à voir la ferme des Buissonnades au fond des arbres.

— Albéric, il crie, attends-moi.

L'autre s'arrête. Il n'y a rien qui presse. D'ici, on entend la Félicie qui appelle ses poules.

— Tu marches vite, dit le père, tu m'as fait souffler.

— Tu crois? Il me semble que j'allais doucement. C'est mon pas. Toujours le même.

— Alors, ça va? demande le père.

— Qu'est-ce que tu veux qui aille?

Albéric détourne la tête et regarde les amandiers en fleurs.

— Petits, petits... dit la Félicie là-bas derrière...

— Vous avez de bonnes nouvelles du Joseph? demande Albéric.

— Juste ce matin.

— Quel sort! dit doucement Albéric.

— Et alors, toi, commence à dire le père, sans oser.

— Alors moi oui, encore!

— L'Arthur?

— L'Arthur!

— Pute de nature!

— Qu'est-ce que tu lui veux à la nature? C'est pute de nous qu'il faut dire.

— Pute de nous, si tu veux; j'ai dit ça par habitude.

L'Arthur! Juste celui-là. De plus brave il n'y en avait pas. De plus d'aplomb. Et puis, un ouvrier! Un, oui!

— Et alors, tu veux pas qu'on dise?

— A quoi ça servirait, c'est avant qu'il fallait dire... Ah! Jérôme, c'est plus une vie ce que je fais depuis quelque temps; plus une vie! Tous les jours je vois ces papiers, tous les jours! D'ici, de là. Les premiers, on leur disait des glorioles : La Patrie! Le champ d'honneur! Je sais, moi... Le Maire venait avec moi. Maintenant, tu te sens toi de dire encore ça? Alors, chaque matin je regarde. S'il y a pas de papiers, je me dis : « Ah! Tout à l'heure, ça va venir, tout à l'heure! » Je tremble tout le jour. Et s'il y en a, alors chaque fois, c'est comme si j'allais à l'abattoir. Ah! je les gagne mes sous! Ah! Je le gagne mon pain de vieux! Ah! Je le gagne mon vieux pain, jusqu'à en avoir le mal au cœur!

Ça semble pas possible! pas possible, je te dis; quand je vais comme ça, je me représente les choses. On a l'habitude des gens. On sait. Alors, je me dis : « Tu vas chez l'Arsène, tu vas arriver : la mère sera là, la femme sera là, de ce côté près de l'évier; je le vois tout ça. Quand je vais ouvrir la porte la femme se tournera pour voir qui va entrer. Et, ce sera moi. Ce sera moi! Et ça arrive comme ça et j'entre!... »

— Rosse de sort!...

— Oui, Jérôme, tu peux en dire, tu peux en dire. Alignez-en comme ça jusqu'à demain... Qu'est-ce que tu veux, je ne sais plus, moi, maintenant. J'entre, voilà! On me voit, voilà! Je suis là. Et eux ils sont là avec des lèvres comme de l'herbe.

Je l'ai dit au Maire. Il m'a dit : « Il semblerait pourtant qu'avec l'habitude!... »

L'habitude, l'habitude pour ça! Non, ça peut pas venir, c'est trop contre nature, trop!

La Félicie donnait aux poules. Elle les a vus venir. Elle est restée un moment à regarder; puis, pour mieux voir, elle a fait abat-jour de la main. Elle a reconnu Albéric. Alors, elle a lâché comme ça tout son tablier plein de maïs et ça a fait une bataille de poules sur ce grain lâché. Elle a traversé en courant la bataille de poules et elle est entrée à la ferme.

Jérôme et l'Albéric arrivent, tout plan, de leurs vieux

pas. Ils entrent. Elle a déjà tout compris. Elle est à moitié couchée sur la table : elle écrase son nez et sa bouche contre le bois et elle bat la table de ses deux poings :

— Non! Non! elle dit!...

C'est six de ces enfants des fermes, des petits, plus une un peu plus grande : « la commandante ».

La maîtresse d'école a dit : « Marie, tu es la plus grande, accompagne-les, surveille-les puisque tu vois que moi, avec ce qui m'arrive... »

Ça a été entendu dès la sortie du préau : « Moi je vais vous ramener à la maison. »

— J'habite pas avec toi, a dit l'Albert.

— Chacun à la sienne, je veux dire, a précisé Marie; je suis la plus grande.

— Mesurons, a dit Albert.

— D'abord, s'il y en a un qui fait des choses, moi je le dirai à la maîtresse, et puis je te donne une bonne gifle. Ne pleure pas, Pierrot!

Comme ça on a monté la montée du village au plateau et tout le long, à tous ceux qu'on rencontrait on disait bien fort : « Bonjour, Monsieur! Bonjour, Madame! » et ça faisait bien rire.

Puis la Marie a dit deux fois à l'Albert :

— Je te gifle.

Puis elle l'a fait. Oui! Puis elle te l'a secoué comme un prunier. Il disait des sales mots; il tirait la queue des filles. Il a eu sa gifle. Il a fait son œil comme les chiens.

— Là. Tu te tiendras tranquille maintenant, garçon!

On est arrivé sur le plateau, le petit Paul a crié :

— Des tulipes, des tulipes!

Ils se sont mis à courir.

— Des tulipes.

— Des tigrées!

— Des rouges!

— Des jaunes!

On en a tant eu, à la fin, qu'on a dû s'asseoir pour le partage. Ils avaient tous les doigts verts de jus. L'André se suçait les doigts. Il a fallu encore aller à la gifle.

— Tu vois pas que c'est du poison!

— C'est sucré.

Il a fallu lui essuyer les doigts avec un mouchoir. On a fait les bouquets et on est reparti sur la route en chantant :

Talipans, talipans
Beau mignonne comme avant.

et toute la chanson, et bien au pas, et on a fait un bon morceau de route.

Il faisait un beau soleil, et puis des ombres de nuages marchaient par les champs comme un troupeau de grosses bêtes.

A des moments, ces ombres marchaient sur la route. Alors, elle était toute sombre. Il tombait une grosse goutte ou deux : elles faisaient « floc » dans la poussière et elles y restaient rondes. Alors, tous les petits levaient le nez en l'air pour regarder le nuage.

— Vois comme il est!

— Comme un cheval!

— Comme une vache!

— Comme une chèvre!

— Comme un arbre-nuage!

Et puis le soleil revenait, parce que l'ombre ça va vite et puis qu'elle se moquait de tout, et qu'elle filait droit devant elle sur les collines, comme sur des maisons de taupes.

On s'est encore assis. C'était après les narcisses. On avait des narcisses, des tulipes, des violettes, des pâquerettes et de l'herbe pour faire la verdure. C'était joli comme tout. On ne savait plus que chanter.

Le petit Paul portait son bouquet comme un cierge, et puis il faisait le tour de ceux qui étaient assis et il chantait :

— La guerre! la guerre! la guerre!

On venait de bien rire avec les hirondelles : l'Antoinette se croyait de les attraper, comme on attrape des mouches. Elle faisait « plouf » en l'air, avec sa petite main chaque fois qu'il en passait une. Puis elle restait sotte en ouvrant ses doigts.

Et alors il est arrivé le Jérôme des Chauranes.

— Qu'est-ce que vous faites là, il a dit, et l'école?

Ils ont répondu tous ensemble :

— L'école, l'école...

Marie a expliqué :

— C'est la Madame qui nous a dit de partir, qu'elle faisait pas école aujourd'hui, qu'on venait de lui dire que son frère était tué. Oui.

— Il y a pas le Paul des Buissonnades? a demandé Jérôme.

— Voui! a fait le Paul.

— Viens, a dit Jérôme. Allez, donne-moi la main. Ta mère te réclame. Jette tes fleurs; allez, viens, mon petit!

— Oui, dit Olivier, j'ai voulu encore mener les chèvres pour ce soir, le dernier soir. Et puis pour te voir. Tu ne m'as pas entendu ce matin quand j'ai sifflé?

— Ah! j'ai entendu, dit Madeleine. Le sang m'en a bouilli jusqu'à maintenant. Je me disais : « Pourvu qu'il comprenne! » Juste, quand tu sifflais, mon père est entré avec une lettre. Il a fallu lire. Et tu sifflais!

Le soir vient. Les chèvres d'Olivier sont dans la jachère. Lui, il est là avec ses pantalons de soldat, du drap neuf, bleu comme le ciel, des molletières; mais il est en corps de chemise et les manches troussées laissent voir jusqu'au coude ses bras roux. Et puis il a encore ses beaux cheveux bouclés qu'on avait coupés ras les premiers temps.

— Ces choses-là, dit Madeleine, en regardant les molletières ça te fait des jambes de cheval.

— C'est pas pratique, dit Olivier.

— Madeleine, dit Olivier, c'est le dernier soir.

— C'est le dernier soir, dit Madeleine.

— Et, maintenant, va savoir quand...

Madeleine est un peu plus petite qu'Olivier. Elle le regarde d'en bas. Elle a des cheveux châtains avec, par-dessus, une grande aile de cheveux blonds toute libre et toujours à voler. Et des yeux par où on voit tout dans elle.

Maintenant une larme.

— Mon beau!

Sa grosse lèvre a tremblé. La larme a coulé.

Ils se sont assis au talus. On entend la clochette des chèvres. Olivier a pris la main de Madeleine dans la sienne. Il regarde là-bas devant, le fond de l'air, avec ses yeux bien fermés sur tout ce qu'il pense. C'est un homme bien fermé sur lui et qui garde tout, et qui ne desserre ses lèvres minces que pour les mots de l'amitié et de l'amour. Ses cheveux noirs bougent dans leurs boucles avec le vent.

— Madeleine, je veux te dire, si tu te sens de m'attendre, attends-moi.

— C'est pas possible autrement, Olivier. Les autres, c'est rien pour moi.

— Je veux te dire, on ne sait pas. Moi, depuis le soir de la corbeille de pommes, quand j'ai touché ta main... depuis ce soir-là c'est sans question de changer. Mais toi?...

— Mon beau, moi aussi, c'est sans question. C'est pas le vouloir qui peut y faire. Je pense toujours à toi, je suis toujours avec toi. Je vois tes yeux, je vois ton rire, je vois tes dents. J'ai embrassé ma main que tu m'avais embrassée. Ces temps derniers que tu étais à Briançon, je venais jusque-là, je regardais du côté des montagnes. Je me disais : « C'est là-haut qu'il est... Là-haut! » Le ciel était clair. Quand il venait du vent de là, je me disais : « C'est son vent! »

Ils sont restés comme ça au talus; Olivier seulement a passé son bras autour du corps de Madeleine.

Puis il a appelé ses chèvres, il a fait le petit troupeau sur la route, et ils ont poussé tout ça devant eux, vers les fermes. Ils se tenaient par le petit doigt et ils marchaient au pas, ensemble. A la limite des rouvres ils se sont arrêtés. Là il y a les deux chemins et qui s'écartent : un pour les Gardettes, un pour les Chauranes.

— Ce soir, dit Madeleine, nous allons, Julia, le père et moi chez la Félicie pour la veillée à corps absent.

— Ma mère aussi, dit Olivier.

— Viens aussi, dit Madeleine, viens. Je te verrai encore.

— Je pars vers les minuit, dit Olivier, à pied avec le papé qui m'accompagne jusqu'à la Durance.

— Viens, dit Madeleine.

— J'irai.

Il l'a regardée partir. Elle s'est retournée pour dire adieu avec la main. Il est resté à la regarder tant qu'elle n'a pas été effacée par un gros amandier en fleurs et par la nuit venue.

C'est une belle nuit d'étoiles, bien lavée d'un vent léger mais fort en muscles.

— Entre devant, dit le papé à la mère. L'Olivier va quitter ici ses musettes et son bâton. Ça n'est pas propre d'entrer à la maison des morts avec sa charge d'homme vivant. Mets tout ça dans la paille, là, il dit : la bouteille droite; ton bâton contre le mur. On touchera ça en sortant, ça nous fera trouver.

On n'entend pas de bruit, là-bas dans la salle de la ferme, sauf de temps en temps, des toussés.

— Viens, maintenant.

La grande salle de la ferme est pleine de monde. On a tout enlevé : le buffet, l'armoire, le pétrin. On a aligné le long des murs les chaises à dossier droit. On est assis là sur ces chaises autour de la salle vide. On a éteint l'âtre. On a balayé les cendres, on en a fait un tas au milieu de l'âtre pour bien dire qu'il n'y a plus de feu.

Au milieu de la salle, la table toute nue, toute vide et, aux quatre coins de la table, de longs cierges jaunes allumés.

Tous ceux du plateau sont là. Ils sont tous venus : des vieux, des femmes et des filles, raides sur leurs chaises raides. Ils ne disent rien. Ils sont à la limite de l'ombre. Ils regardent la table vide et les cierges, et la lumière des cierges vient juste un peu mouiller leurs mains à plat sur les genoux. De temps en temps quelqu'un tousse.

La Félicie a sorti son deuil. Le deuil toujours prêt dans l'armoire : la jupe noire, le corsage noir à pois blancs et, sur la tête, le fichu noir qui, tout d'un coup, la fait vieille. On ne voit d'elle que ses yeux rouges et sa grande bouche toute tordue.

Elle est près de la porte à accueillir.

— Nous prenons bien part, Félicie, dit le papé.

— Merci bien, dit Félicie.

Le petit Paul est là près d'elle, en son dimanche, avec un beau nœud de ruban bleu sous le menton;

on lui a mouillé les cheveux pour lui faire la raie.

— Merci bien! il dit lui aussi.

Ils viennent tous ceux du plateau. On entend des pas là dehors, des voix. Puis, en approchant de la porte tout se tait. On chuchote. Félicie attend, raide et noire près de la porte. On entre. Elle tend la main.

— Nous prenons bien part.

— Merci bien!

— Merci bien! dit le petit Paul.

Ils viennent, ils sont là tout autour dans la grande salle de la ferme à l'âtre vide. Ils sont là raides et muets à veiller le corps absent.

Félicie vient s'asseoir près de la table à un bout. Le petit Paul s'assoit près d'elle sur une chaise haute. Ses pieds ne touchent plus terre.

Alors la vieille Marthe du « Blé déchaud » s'est dressée et elle est venue près de Félicie.

— Tu as le pot à sel? elle a dit.

— C'est tout prêt, là. Et elle a montré le coin de l'âtre.

La vieille Marthe est allée prendre le pot. Elle est venue se mettre près de la table, à la hauteur de Félicie, mais de l'autre côté. Elles sont toutes deux comme à la tête du mort qu'on veille. On attend... On se retient de tousser... Un grand silence épais couvre tout.

— Nous veillons le corps absent d'Arthur Amalric mort à la guerre, déclame la vieille Marthe. Que chacun se recueille dans son amitié pour celui qui était le sel de la terre...

Elle met la main au pot. Elle tire une poignée de sel, elle vient le mettre au centre de la table nue, elle en fait un petit tas. Elle sort de dessous sa robe un gros rosaire en noyau d'olive; elle s'agenouille près de la table.

Le lourd silence revient.

— Oh! mon Arthur, crie Félicie!

Elle est raide comme du bois. D'entre son fichu noir elle regarde droit devant elle.

— Oh! mon Arthur! Toi qui étais si brave! Toi qui me disais : « soigne-toi bien! » Ah! je l'ai maintenant ce qui me soigne et ce qui me soignera tant que je serai pas morte, moi aussi.

— Que chacun se recueille dans son amitié pour celui qui était le sel de la terre! bourdonnent ceux du plateau.

Olivier cherche Madeleine. Elle est là-bas, de l'autre côté. Elle le regarde. Il voit bouger sa grosse bouche sur les mots de la pitié. Il voit luire les larmes là-bas dans ses yeux. Deux fois lui aussi il a dit :

— Que chacun se recueille dans son amitié!...

Maintenant il ne dit plus rien. Ils se regardent, elle et lui, au plein des yeux et ils ne disent plus rien... Ils ont serré leurs lèvres. Elle pleure, sans rien dire, là-bas...

Cette fois il est tout habillé en soldat depuis les pieds jusqu'à la tête. Il est marqué. Il va partir... Pour aller à Madeleine, son regard passe au-dessus de cette table nue, au-dessus de ce petit tas de sel mort qui luit entre les cierges.

Il lui semble entendre ce brout-brout de la jupe de Madeleine quand elle marche dans les herbes. Si j'étais la lampe, il pense, la lampe, l'arbre, cette table, la truie, je resterais. Si j'étais le chien, je resterais. Si j'étais le chien...

— Oh! mon pauvre Arthur, crie Félicie! Et jamais plus je te verrai. Et tu es parti et jamais plus je t'aurai. Pauvre, que j'ai pas seulement été là pour te fermer les yeux! Pauvre, que tu es mort dans la terre comme une bête, tout seul! Alors qu'ici tu avais tout à revendre et que je t'aimais tant... et que juste nous commencions à vivre!

— Que chacun se recueille dans son amitié!...

Les grosses lèvres de Madeleine bougent là-bas :

— Olivier! on a vu qu'elle a dit.

Le papé a fait signe. Olivier s'est dressé. Il y a encore eu le silence et Félicie s'est tournée vers Olivier et elle l'a regardé sans rien dire avec ses pauvres yeux mangés.

— Au revoir, maman, dit Olivier.

La Delphine fait : « Oui » avec la tête.

Le papé et Olivier s'approchent de Félicie. Elle se dresse. Elle touche la main à Olivier.

— Au revoir!

Le grand-père touche la main à Félicie.

— Je prends bien part, elle dit.

— Merci bien! dit le papé.

Olivier regarde tout le monde pour dire adieu.

On pleure à grands coups sourds là, autour, et alors on se souvient de tous ceux déjà partis là-bas, en avant et on entend dans les pleurs des noms d'hommes :

— Mon pauvre Jean!

— Barthélémy!

— André, mon pauvre André!

— Adieu à tous! dit Olivier.

Il regarde du côté de Madeleine : elle tend vers lui son visage ruisselant.

Il dresse le bras en adieu et il marche à reculons vers la porte.

— Que chacun se recueille dans son amitié pour celui qui était le sel de la terre! reprend la vieille Marthe.

*

— Sors la bouteille, a fait le papé dans l'ombre. Bois...

Olivier boit au goulot.

— Donne à moi, dit le papé.

— Et maintenant, marchons...

Ils sont arrivés à la Durance; au fond de la plaine, à travers les saules, on voit les feux rouges et verts de la gare.

— Je m'arrête là, dit le papé. Puis, « Attends, que je te voie. »

Il allume son briquet. Dans la nuit, un petit rond de lumière avec leurs deux visages tendus l'un vers l'autre.

— Rappelle-toi de ce que je te dis, dit le papé : « Ne fais pas plus que ce qu'il faut. Le principal c'est que tu retournes... »

Ça s'est éteint, ils se sont trouvés dans la nuit; ils se sont embrassés de l'emplein des bras pour se sentir le gros du corps.

Et tout de suite on n'a plus entendu Olivier, parce qu'il s'en allait dans le chemin mou.

La nuit est comme si de rien n'était.

LE PREMIER CERCLE

Olivier regarda celui qui entrait.

C'était un tringlot lourd de houseaux et de boue. Il était en capote flottante, une badine d'osier sous le bras. Il se frottait les mains.

— Berthe! appela celui-là. Tu sais que ça en est de la froidure et de la bouillasse d'air. Où qu'elle est, celle-là? Donne donc un peu de fil en quatre, fille perdue, hé!

Il vint s'asseoir près du poêle. Il l'entoura presque de ses grosses cuisses. Son drap fumait. Il était roux, tout en poils et en joues et il soufflait en suçant ses moustaches.

Berthe apporta l'eau-de-vie. Le soldat lui plaqua la main sur les fesses.

— Nerveuse, la Berthe, il dit. Du nerf et de l'os, c'est ça qu'est bon!

— Laisse donc, dit-elle.

Elle se tortillait doucement pour ne pas renverser l'eau-de-vie. Le soldat pencha sa grosse tête vers la hanche de la fille :

— J'aime quand ça rue. Si c'est pour ton brigadier, repos. Il a filé à Bar, ce matin à la première heure.

— C'est cochon et compagnie! voilà ce que c'est, dit Berthe.

86

Elle se dégagea. Les lèvres grises mâchaient une grande lassitude.

L'homme regarda Olivier :

— A la tienne! il dit, puis il but.

— Quelle compagnie? il demanda après.

— Je monte au renfort.

— De quel côté?

— A la Vallée.

L'homme se tira vers Olivier. Il cligna de l'œil vers la cuisine où la fille rinçait les verres.

— Ça semble pas, il dit, mais de temps en temps, une grognasse comme celle-là, ça te met la vie en belle. Seulement, voilà : faut du rupin. Y a eu le vaguemestre, le maréchal-chef, maintenant le brigadier. Toujours occupée... Alors, tu comprends?

On entendit un trot de cheval. L'homme sauta et ouvrit la porte :

— Daumas! Daumas! il cria, arrête-toi ici, nez d'âne!

L'autre gesticulait sur son mulet toujours au trot, il montrait le côté de Bar; il gueulait des mots tout perdus dans le bruit de la route; des bidons vides sonnaient sur son dos.

Olivier descendit la marche du seuil. La porte du bistrot, en se refermant, lui chauffa une dernière fois l'échine. Le harnais pesait.

— Allons... il dit, en avant! Faut chauffer la fatigue.

Il emporta avec lui un horizon en cercle de barrique. Au-delà, c'était le brouillard.

Des cavaliers marchaient au pas dans les champs d'une nage souple et muette; gris d'abord, puis noirs, puis gris, puis effacés par le lent enlacement des larges lanières de la brume. Des charrettes bâchées bombaient le dos et s'en allaient; des cyclistes dansaient comme des sauterelles sur des pistes de rondins.

Des deux côtés de la route ça devait être de grands champs plats et vides. On y entendait la boue qui chuintait toute seule; là-bas, au fond, il y avait peut-être des villages. On sentait une odeur de café en train de bouillir.

Au-delà du brouillard, sans arrêt, comme le bruit de la mer balancée, la terre gémissait sourdement sous le poids d'un énorme charroi.

Une batterie de canon creva la brume en plein galop.

Olivier glissa dans le fossé. Le poids du sac entra dans son épaule comme un couteau.

— Salauds! il gueula.

Elle sautait, déjà loin, par là-bas devant, sur ses genoux de fer, avec des banderoles de brume accrochées aux caissons, aux roues, aux artilleurs et aux fouets.

Il venait, depuis un moment, une grande odeur de fumier, des hennissements, des piétinements de chevaux du parc, des voix d'hommes, des cris; un marteau battait du fer mou puis sonnait à l'enclume; des maillets tapaient en cadence sur des piquets de bois. Les grincements d'essieux d'un char qui peinait à rouler en pleine terre sur la boue molle des champs : on approchait d'un grand campement de chevaux et de voitures.

Un brusque feu roux s'élança. Il était tout emmail-loté de brouillard et de fumée. Il sautait lentement très haut dans l'air épais; il y restait accroupi, genoux au menton en boule rouge, puis il dépliait doucement ses jambes jusqu'à terre et, d'un coup d'orteil, il repartait. Des hommes couraient autour de lui avec de grosses tenailles noires.

— Relevez, relevez; prenez par-dessous, avec les pinces. Tous ensemble, attention, hop!

Ils levèrent hors du feu la couronne flamboyante d'un cercle de roue et ils l'emportèrent en criant dans la fumée et les étincelles.

Le feu s'arrêta de danser; il cherchait sur la terre avec ses grosses mains bleues.

La borne était toute recouverte de boue; on ne pouvait pas savoir si La Vallée c'était par là-bas devant et à combien...

Olivier laissa tomber son sac dans l'herbe mouillée.

Le brouillard était un peu plus clair. Il n'y avait presque plus de bruit, sauf ce gémissement de la terre, et un peuplier qui sifflotait de toutes ses feuilles.

Les champs ouvraient de chaque côté de grandes ailes plates.

Cet homme était toujours là-bas, dans les champs. De temps en temps il s'arrêtait, il regardait autour de lui puis il s'en allait vers quelque chose, la tête en avant.

Il s'approcha. Il regardait un petit arbre. Il se penchait sur le tronc, il touchait le tronc avec sa main. Il caressait l'arbre tout au long du tronc en bien regardant.

Il devait parler tout seul à moitié voix et il bougeait doucement la tête en faisant : « Non, Non! »

— Ho! cria Olivier.

L'homme releva la tête et regarda. Il passa encore une fois la main sur le tronc de l'arbre, puis il se décida à venir.

— T'es un artilleur? il demanda, comme il prenait le dur de la route.

— Non, dit Olivier.

— T'es du train, alors?

— Non, dit Olivier, je suis du 140 y paraît.

— 140, 140? répéta l'homme de sa voix qui chantait sombre parce qu'il parlait avec l'accent de la montagne. C'est pas toi alors qu'as attaché le mulet à l'arbre?

— Non.

— Faut pas faire ça, tu sais?

— Je l'ai pas fait, je te dis, j'arrive.

— Bon, mais faut pas le faire, non, faut pas. Voilà déjà du temps que je le dis; ça les fait rigoler. Tu rigoles, toi?

— Non, dit Olivier, non, je sais, faut pas : le mulet ça mange l'écorce.

— Tu sais ça, toi, dit l'homme tout étonné.

Il avait des yeux clairs comme de l'eau et presque sans mouvement; ils allaient profond dans leur façon de regarder.

— Je sais, oui, dit Olivier.

— Touche ma main, mon gars, dit l'homme.

C'était un soldat sans armes, en petite veste, avec un ceinturon jaune autour du ventre. Sa boîte à masque battait la cuisse dans le mouvement qu'il avait pour balancer son gros torse dessus ses jambes.

— On te dit comment?

— Chabrand, dit Olivier.

— Moi, c'est Regotaz, dit l'homme, je suis aussi du 140.

Sur le col droit de sa veste il avait le numéro marqué au crayon-encre.

— J'en suis aussi, je te dis, tu vois; j'ai fait, comme ça un tour. J'entre maintenant, je veux dire je m'en retourne.

On va s'en aller à deux. La Vallée ça doit être à quelque chose comme dix kilomètres.

Il arrivait à leur rencontre, sur la route, une grande odeur épaisse d'arbres et de champignons.

Un autre campement bourdonnait sur la gauche, contre la route. Un cheval hennissait et tapait du fer dans une planche.

— Oh! Oh! tire la bride, criait une petite voix.

Des gourmettes cliquetaient. Un clairon jeta deux

ou trois notes; un tambour essayait des roulades, puis emmêlait ses baguettes.

— Oh! Oh! serre, serre!

Ils devaient être deux ou trois contre le cheval à en juger au piétinement là-bas.

— Ta gueule, dit doucement Regotaz. Qu'est-ce que tu veux serrer, toi, encore?

Le cheval maintenant hennissait à la tremblade : on le tannait à coups de pied dans le ventre.

Un grand hêtre, tout fumant, s'avança hors de la brume. De l'eau claquait sur les feuilles. Un écho renvoyait le bruit des pas dans la boue. Un ruisseau frappait là-bas, dans les herbes, avec un maillet d'eau.

C'était la forêt, elle était là devant, couchée, lourde et noire et doucement elle grondait.

— Halte! dit Regotaz, c'est la forêt, ça, garçon. Défais ton sac et donne-le-moi, je le porte. Défais, je te dis, je me connais. Donne ton sac, sans ça j'entre pas encore ce soir. Moi, continua Regotaz, en bouclant le sac sur ses épaules, il me faut ça, garçon, pour me tenir sur la route. Tu renifles un peu? Tu sens cette odeur? Attends... écoute, écoute! là, là...

Une bête s'arrêta dans un buisson, puis se mit à courir dans les feuilles mortes.

— ... Une renarde, je dis, moi... Et puis, écoute maintenant le grand bruit. Ça, c'est quelque chose, je te dis, garçon. J'ai besoin d'un poids sur les épaules : ça tasse mon pas, ça me colle à la route; je reste près de toi et comme ça j'entre; sans quoi, je me connais, j'irais encore un coup dans l'herbe.

Le temps se levait, la forme d'une bête passa de l'autre côté des feuillages; c'était un cheval enchaîné qui tirait doucement une pièce de bois dans la boue. Il y avait maintenant dans le jour dégagé une lumière toute bleutée. La brume courait, déchirée d'un petit vent.

— Salauds! dit Regotaz.

Il regardait dans la boue un grand lambeau d'écorce.

— Tu vois, les salauds, ce que ça fait à des arbres!

Il allait déboucler le sac, il se ravisa.

— Non, il dit. En avant, garçon!

Il releva la manche de sa veste; il déboutonna son poignet de chemise, il montra son bras nu.

Le bras était entamé par une grosse cicatrice.

A mesure qu'on entrait dans la forêt, il y avait de plus en plus du silence. Ce grand bruit de charroi dont la terre tremblait, ça et le grondement du ciel, tout s'était apaisé dans les arbres. On n'entendait que les gestes des branches; des abois, loin; des chants de coqs; le bruit des gouttes d'eau et le grésillement léger du brouillard qui coulait à travers les feuillages. Un oiseau chantait, on entendait battre ses ailes. Une feuille tombait, on l'entendait toucher les feuilles. La forêt abaissait et gonflait lentement sa grande poitrine de branches.

Parfois un chemin s'ouvrait sur le côté de la route; une étroite coupure, droite, taillée comme d'un seul coup de grosse serpe; elle s'en allait, blanche de brume, vers les lointains épais.

Regotaz arrêta son pas.

— Dis, garçon, ça te semble pas que je suis fou?

— Non, dit Olivier.

Il regarda l'homme : les yeux clairs étaient là avec de la peur et ils s'efforçaient de chercher au-delà des mots dans les yeux d'Olivier.

— Non, ça ne semble pas. Je t'ai laissé parler. Mais, c'est que je pense comme tu penses; je suis de la terre, moi aussi. Pas encore aussi vieux que toi, mais je sais m'arranger avec l'alentour. Ça, il n'y a que nous qui pouvons le comprendre.

Regotaz soupira et se remit à marcher.

— C'est plus que ça, garçon, il dit, c'est plus que ça

pour moi, et peut-être ça deviendra plus que ça pour toi aussi; parce que, tu veux que je te dise, ça en faisait trop à la fin; ça en fera trop à la fin pour toi aussi. C'est de ça que parfois je me dis : « Tu es fou, Émile! D'où se virer, tu comprends? D'où se virer, quand tu as ta part et dix fois ta part, et que tu te dis en toi : non, non, je n'en veux plus, il y en a assez; je peux plus porter, je peux plus supporter, je suis qu'un homme, et que toujours on te charge et qu'on te charge; allez, du malheur! Allez, du malheur! Tu comprends? d'où te virer... ».

Un saule secouait doucement dans l'herbe sa lourde rosée.

« ... A l'escouade, j'ai le Frédéric et le Louis Butte et puis des tas, et puis tant qu'on veut, là, au bistrot; mais, tu veux que je te dise? Je te le dis, à toi, petit gars, que tu as l'air de comprendre : c'est des cœurs pourris. Pas de leur faute; peut-être qu'avant ça faisait son clair chemin un peu à l'homme saoul, tantôt de là, tantôt d'ici, mais tout compte fait ça allait. Maintenant, c'est des cœurs pourris. Et le malheur, garçon, c'est qu'ils sont pas mauvais; non, mais que si on restait trop longtemps près d'eux, on sentirait vite le pourri aussi. Alors, qu'est-ce que tu veux? Moi, je ne sais pas si je te l'ai dit : j'étais bûcheron, j'étais des hautes tailles, j'étais de ces tailles là-haut où il n'y a pas de forestiers, où, si on n'avait pas sa raison et son équilibre, on couperait tout sans rien risquer. Mais on a sa raison et son équilibre; alors, moi je me suis dit : et les arbres? »

Un lapin traversa la route en deux sauts.

« ... Ça a commencé par tout un jour sous les pommiers : j'étais sur ma couverture dans l'herbe. Le dessus de la branche était clair, le dessous tout noir d'humide.

Ça faisait un bruit du côté de Verdun! C'était noir

comme du café avec des tressauts de feu comme une charbonnière qui s'enflamme. Et on disait on va remonter. Et là-bas le Louis Butte y s'était saoulé et il avait déchiré le portrait de sa femme et puis celui de sa petite fille, et il avait jeté les morceaux, et il avait dit : « Et puis merde!... » Et puis il était resté là tout droit devant la porte, sans plus savoir, en pleurant, le salaud! Je te dis, la branche était claire et sombre, et puis là, elle faisait un coude, elle montait dans le jour.

Elle avait peut-être six feuilles, à peine; ce petit poids sur ce gros tronc!

Il parlait à voix basse, en soufflant sous le poids du sac.

— T'as du tabac? il dit. Donne une pipe.

— T'en veux un paquet? J'en ai trois dans ma musette.

— Je dois avoir le mien là-haut, le Marcel a dû me le mettre de côté, on l'a donné hier. Ça fait deux jours, tu sais, que je suis parti.

— Sans rien.

— Non, on me connaît, on a dit : « Et Regotaz? Celui-là il est fou. Quand il rentrera, envoyez-le-moi, voilà! » Ça me tenait là, cette fois (il se toucha le milieu de la poitrine), comme si on m'appelait de ce côté de la colline. « Oui, je répondais », « Oh! Regotaz, on disait; alors, ça va plus mal? » Alors, j'allais là où il n'y avait personne, là-bas, tu verras, derrière l'église; je me mettais bien d'aplomb, du côté où ça venait, et je répondais : « Oui, je suis là, oui ma belle, je suis là! Qu'est-ce que tu me veux, ma belle? Oui, je suis là. »

Et toujours, moi j'entendais que ça appelait : « Regotaz, Regotaz, Émile! »

Le matin, j'ai sauté dans un camion qui passait. Y avait du brouillard, bien plus qu'à cette heure. Le gars qui conduisait, il allait à la papa. On voyait pas à deux mètres. A mesure, j'avais le cœur tout guéri.

« Regotaz! » que ça disait toujours.

« Oui, je viens, que je disais. »

Et puis, le gars, il a tiré tout d'un coup sur son frein, on s'est bloqué des quatre roues. Il regardait avec des yeux tout pointus. C'était un grand corps, tant gros, couché en travers de la route : « Vieux, il m'a dit, qu'est-ce que c'est ça, là-bas devant? »

« Je suis arrivé, j'y ai dit... »

Et en moi-même, je me disais : « Oui, ma belle, je suis là. »

« Va, j'y ai dit au gars, marche et ne t'inquiète, c'est la forêt. »

Alors, moi, j'ai pris le petit chemin, et je suis parti, dans elle. »

On arrivait devant l'orée du bois : dans le jour dégagé une large lumière grise volait avec le vent; au-delà des arbres on voyait un seuil d'herbe et loin, là-bas au fond, une colline allongée.

De cette porte de lumière les bruits venaient, que la forêt avait étouffés; le grondement du grand charroi et le tressautement du ciel, et des cris, des appels, et ça approchait à chaque pas, et ça soufflait chaud, comme la bouche d'une bête qui s'avance.

Tout d'un coup, on fut hors des arbres.

Dessous, dans le bas-fond, c'était un gros village. Il était là, écaillé, à plat dans les prés. Ça vivait comme un tas de fourmis. De longs convois d'automobiles ronflaient sous les peupliers, au bord d'un canal mort. Une petite locomotive secouait sa queue de wagons entre des meules de paille : on la voyait, toute énervée, faire tourner ses petits pieds, sauter, siffler, cracher dans les herbes; une autre toute patiente l'attendait, garée avec un train de bois; de temps en temps, celle-là sifflait paisiblement.

Un convoi de fourgons bâchés allait au pas sur une route des coteaux en face. Une troupe d'hommes marchait en rang sur une route d'en bas. Ils entraient par une rue. La musique des clairons jouait dans le village. Une scierie chantait une chanson ailée à deux tons graves au travail, puis claire à lame libre.

Une odeur aigre d'arbres morts et de sciure, et puis un louche goût sucré qui mettait de la pourriture sur la langue...

Une auto légère monta vers le bois : c'était une ambulance à la croix rouge pleine à pleins ressorts; elle passa, montrant les souliers des blessés allongés.

Un autobus peinait dans la côte. Olivier tourna la tête pour le regarder passer : un grand quartier de bœuf, dépouillé et sanglant, était pendu, dans le jaillissement de la boue, sur la plate-forme d'arrière.

— Tu vois mes arbres, dit Regotaz, tu vois, gars!

Ils étaient là, allongés contre la scierie, avec encore leurs écorces et leurs branchillons avec des feuilles.

— Et puis ça, regarde!

C'était, dans la boue, un morceau de viande gros comme le poing, avec le sang noir et rouge et de la petite glaire blanche dans les fibres. Un morceau de gaze était encore collé sur le côté du vif.

Olivier regarda la forêt. On entendait, là-bas dedans, bourdonner les moteurs de l'ambulance et de l'autobus. Il pensait à ce grand quartier de bœuf.

— Peut-être bien de la viande d'homme aussi, dit Regotaz. Peut-être bien. Qu'est-ce que ça aurait de tant extraordinaire que ça soit tombé du brancard, d'un en lambeaux et qui perde sa viande? Dans les roulis, tu sais...

Et Regotaz roulait son grand corps de droite et de gauche pour imiter le balancement de l'ambulance.

ET IL N'Y AURA POINT DE PITIÉ

— On tire sur Pont-Rouge, dit Joseph.

Le conducteur de la voiture bloqua les deux mules d'un coup de rênes. Il écouta.

— Ça semble, il dit.

C'était à peine comme si on cassait de grosses planches, là-bas, derrière les coteaux.

— C'est pas le plus rigolo de l'histoire.

On fit repartir les bêtes. On avait quitté les dernières maisons de Soissons et la route pavée. Dessous les roues, c'était maintenant la route molle avec des rapiéçages de boue et de pierres dans les trous. De longs ruisseaux d'eau blanche comme du plâtre coulaient dans les ornières.

— Ça a l'air de frapper assez, tu sais...

— Y a qu'à s'arrêter à la sucrerie, dit Joseph.

De chaque côté de la route les champs étaient couverts d'une eau immobile qui reflétait le ciel bleuté; au long de l'horizon, de petits nuages blonds pesaient lentement sur une plaque de soleil toute étincelante.

— Tu vois, dit l'homme, j'y ai dit comme je te le dis. J'y ai dit : « Mon lieutenant, ça qu'on devrait faire c'est une piste de la sucrerie à Séraucourt. Ça passerait aux Creutes; c'est tout le long défilé dans des arbres et ça évite le carrefour. » Ah! si tu crois que

97

ça y fait!... J'ai entendu qu'y demandait à l'adjudant :
« Qui c'est, celui-là ? »

J'avais envie d'y dire : « C'est Mathieu Bomier,
çui-là, et y connaît son affaire. »

— Des couillons, dit Joseph.

— Oui, j'avais envie d'y dire : « C'est Mathieu
Bomier, et c'est pas vous, tout lieutenant, qui allez lui
apprendre son métier : quinze ans de charroi dans tous
les crassiers de Saint-Étienne et avec des bagnoles
autres que ça; et s'y dit qu'on peut passer là, c'est
qu'on peut. C'est pas un enfant; l'a été papa plus de
fois que tu t'es mouché, non, mais... »

— T'as des petits ? dit Joseph.

— Deux. C'est pour ça que je suis là. Et toi ?

— Moi non, j'étais marié d'un an.

— T'aurais eu le temps... Oui, deux, mon vieux :
une petite que c'est tout son père; ça laisse rien tomber; ça te répond, ça répondrait au pape. Je t'y fourre
de ces claques! Et un gros lardon qu'il a toute la gour-
mandise de sa mère, y téterait le paradis si tu le laissais
faire. Tu sais que ça a l'air de tomber là-bas!

Ils venaient de dépasser le premier pli de terre. On
voyait tout le pays sous le couchant. Il ondulait là
devant, en longues vagues portant des arbres. Le gros
ruisseau qui avait inondé tous les prés tordait sa graisse
au milieu d'un large marais immobile, tout pommelé
du reflet des nuages et de pompons d'herbe. C'était
désert jusqu'à la perte de la vue. D'un bosquet sortait
le fût décapité d'un clocher. A la lisière pourrissait
une grande ferme toute rongée, ses ossements épar-
pillés dans l'eau des prés; des corbeaux becquetaient
les orbites crevées de ses fenêtres. Au-delà du ruisseau,
le pays déchiré jusqu'à la craie s'en allait plat, sans
arbres et sans hommes jusqu'à des crêtes lointaines qui
fumaient d'une fumée convulsive, pleine de scintille-
ments et d'éclairs.

— Sapigneul, dit Joseph en regardant cet horizon d'ombres et de feu.

— C'est là que tu vas? demanda l'homme.

— Non, je vais reconnaître à gauche vers Montgermont, on monte demain soir. Ça doit pas être meilleur, et si c'est meilleur, avec les salauds qu'on a chez nous...

— C'est vous qui cantonnez près du canal, là-bas?

— Oui, la sept.

— Nous, on est juste à côté de l'Amélie.

— Je sais, je t'ai vu sortir les mules. J'ai dit : « Il te portera toujours un peu. » Je suis pas bon pour les pieds, moi.

A ce moment, un coup tomba sur Pont-Rouge. Une fumée noire dépassa le coteau et monta, ronde et feuillue comme un arbre.

— C'est un tir régulier, dit Joseph.

— Oui, dit l'homme, et dans ces choses-là, le principal c'est de pas s'entêter. On va attendre à la sucrerie.

On approchait. Il ne restait plus qu'à monter un petit mamelon, tout suintant, comme un dos de bête mouillée. Ça sentait en effet la bête suante et ruisselante de pluie; ça sentait aussi la poudre brûlée; des trous d'obus tout frais crevaient les champs.

La sucrerie était là devant : une cuisine roulante fumait contre les murs. Deux hommes en bourgeron regardaient la route, attendant les corvées de soupe. La route était vide jusqu'au fond déjà couvert de nuit violette, mais où l'on voyait encore des arbres dans l'éclatement et le feu des obus.

Du côté de Sapigneul, des fusées s'élançaient. Une rouge s'alluma comme une lampe au milieu des déroulements de la nuit et elle resta là, suspendue.

*

— Oh! celui du canal, cria l'homme.

On entendait sa main qui pataugeait dans la boue en cherchant Joseph. On n'entendait que le bruit de cette main dans la boue et puis un long gémissement qui venait de là-bas, du tas des hommes.

— Reste couché, dit Joseph.

Un gros obus à bout de souffle rasa la sucrerie. Un vol d'éclats passa en chantant; de lourdes mottes de terre retombaient.

— Reste couché!

— Je t'avais perdu, dit l'homme.

— J'ai pas bougé. Ils vont tirer comme ça un moment maintenant.

— Je te l'ai dit (l'homme rampa dans la boue jusqu'à s'allonger contre Joseph). Quand j'ai vu ce fils de pute qui poussait sa roulante en plein milieu de la route avec un feu comme un phare, je t'ai dit : « Tu vas voir qu'on va gagner la montre... »

— Au premier, j'étais couché là.

— Tu sais s'y a des sapes?

— Non.

— Alors?

— Attends, dit Joseph. Il vont nous laisser pour Pont-Rouge dans un moment. Faudra courir sur la gauche vers le génie, là-bas.

La nuit tombait. Sur la route, la cuisine roulante éventrée par les premiers obus laissait son feu tout épanoui. Les charbons sifflaient dans la boue. Un homme crevé pendait, la tête en bas d'un fourgon; le cheval agenouillé se plaignait en secouant la tête. Autour d'un baril de vin, des soldats étendus ne bougeaient plus sauf un, couché, le visage dans la terre et qui crispait encore ses doigts pour se cramponner au sol, prendre appui, se soulever, partir... Sa tête était alourdie d'une grosse blessure à la nuque.

— Je vais voir mes mules, dit l'homme.

100

— Reste là, cria Joseph. Reste là!

— Mes mules, dit l'homme.

Il se souleva. Joseph le vit là, à côté de lui, comme un crapaud, sur ses genoux pliés, ses bras pliés; sa grosse figure plate tendue en avant, bouche ouverte; ses yeux ronds où se reflétait le feu de la cuisine et la nuit.

— Reste là!

L'homme sauta en même temps qu'un large éclat de fer passait.

— Oh! cria Joseph; oh! oh!... Comment c'est ton nom?

Retombé en tas sur la route, l'homme gonflait son dos; il bougea un peu de droite et de gauche, puis il s'allongea.

— L'homme, l'homme!...

La nuit était venue d'un coup; Joseph rencontra d'abord un mort tout froid et couché sur des miches de pain, puis de la viande dans la boue. Il appela doucement :

— L'homme, l'homme!

Il toucha un corps. C'était lui.

Il ne bougeait plus. Il ne respirait pas. Il était comme de la terre. On entendait seulement ce bruit d'étoffe que faisait le sang en coulant à force, de lui.

*

Olivier criait.

Il courait dans l'herbe et le feu. Il avait perdu son fusil. Il criait un long cri d'appel, toujours le même, à pleine bouche ronde.

Ces grands coups de passe qui faisaient éclater la terre, cette fumée, ces éclairs, ces griffes chaudes qui déchiraient tout autour de lui, cet air roulé en mottes par les obus et qu'il recevait en plein ventre; et, quoi faire contre du fer?

Il n'y avait personne là autour. Il était seul. D'entre la fumée on voyait parfois la longue étendue du désert plein de trous et d'eau luisante et, là-bas loin, un morceau d'arbre avec des bras levés au ciel.

Une main lui serra la cheville. Il tomba. On dit : « Ta gueule. »

Il était dans un trou. Les bords du trou avaient effacé le pays. Il était dans la terre. Un homme le regardait avec des yeux fixes. C'était Chauvin, la caporal.

— Ta gueule! il dit; pourquoi tu cours? Tu vois pas que c'est loupé?

— Quoi, c'est loupé? dit Olivier.

Il reprenait sa grande chaleur du dedans, à voir ces yeux, à entendre cette petite voix sèche.

— L'attaque. On est encore à vingt mètres et ils ont toutes les mitrailleuses. Reste là! Non, contre ce bord-ci, et fais-toi petit.

Olivier respira deux grands coups bien profonds.

— C'est la première fois? demanda Chauvin.

— Oui, dit Olivier.

— Reste là... De la merde! ajouta Chauvin pour lui-même.

— On attend le soir, dit Chauvin au bout d'un moment. Qu'est-ce qu'on est encore? Sept à huit.

— Regotaz? demanda Olivier.

— Je ne sais pas... Tu as ta pelle?

— Oui.

— Creuse de ce côté. Jette la terre en bas. Pas trop fort. Faut pas qu'on voie.

Olivier enfonçait sa pelle dans la terre, puis il tirait et il jetait la terre sous son coude gauche. Des fois le tranchant de l'outil s'arrêtait et il avait beau pousser, ça n'entrait plus. Il creusait alors avec ses ongles.

C'était une courroie là, dans la terre, comme un serpent endormi. Il tirait la courroie; il creusait. Il regardait Chauvin du coin de l'œil. Chauvin creusait la terre aussi. Il était accroupi sur la terre, comme une bête et il l'éventrait à grands coups d'outils. Son cou était tout rouge et rond, et là-dedans les gros muscles bougeaient, réguliers comme des muscles de machine. Il grognait les dents serrées.

Au-dessus du trou, on entendait passer la mitrailleuse. Elle griffait là tout autour avec ses ongles de fer. On entendait le déclic de ses grandes pattes, puis ce tressaillement de tout son corps, quand elle se secouait puis elle sautait comme un oiseau, grattait son corps métallique, puis la terre fumait sous ses griffes.

Là-haut, la nue grise s'ouvrit; un peu de bleu parut, un bleu sale et comme plein de pus, mais avec une goutte du blond soleil de là-haut.

Chauvin regarda en l'air.

— Salauds! il dit.

Il se remit à creuser la terre. Il baissait tant la tête qu'il avait les moustaches pleines de boue.

— Ta musette? demanda Chauvin

Olivier, le dos rond, écartait à pleines mains dans le trou un fouillis de courroies d'équipements et de draps enterrés. Une douce odeur de pourriture coulait du trou comme un sirop.

— Ta musette? gueula Chauvin.

Olivier releva la tête.

— Quoi?

Chauvin se rapprocha jusqu'à toucher de sa visière de casque la visière d'Olivier.

— Ta musette, il dit, ta musette, t'as de quoi? T'as de quoi manger dedans?

— Manger? s'étonna Olivier.

Il eut un brusque regard vers ce trou où il fouissait

à pleines mains et d'où l'odeur coulait, avec toute sa force et toute son épaisseur.

— Oui, manger, dit Chauvin.

Il était resté là; il n'avait pas reculé son visage d'un centimètre; il avait planté son regard fixe dans les yeux d'Olivier et il ne le lâchait plus.

Au fond de la musette, sous les grenades, il restait un morceau de pain tout roux de rouille. Olivier le donna à Chauvin. L'autre le partagea en deux.

— Moitié, il dit en tendant le morceau à Olivier. Dans l'instant, il se baissait, tout recroquevillé, parce qu'un gros obus avait rasé le trou.

A cet endroit qu'Olivier creusait, la pelle s'était soudain enfoncée toute seule. Elle était ressortie toute huilée d'une graisse noire, gluante comme de la poix.

Olivier n'osait plus creuser.

A genoux, devant ça, il mâchait et remâchait son pain. Il sentit comme une présence derrière lui. On le regardait. Il se retourna : c'était, sur l'autre bord du trou, un homme couché et qui avait la figure toute noire; sa cervelle coulait par une large blessure en coin. Il ne regardait pas; c'était un petit morceau rond et blanc de cette cervelle qui faisait le regard parce qu'il était collé sur ce noir de l'œil, sur l'œil pourri et plein de boue.

★

Malan poussa la porte du Cercle des Travailleurs.

— Ferme la porte, Firmin, on lui cria. Ferme la porte il fait un froid de verre.

Ils étaient tous là, autour du grand poêle, à se chauffer les genoux et les cuisses et à fumer leurs longues pipes.

104

— Alors, donc, vous le craignez comme de petites amandes ce froid, dit Malan.

Mais il approcha sa chaise du rond et il dit :

— Poussez-vous un peu, que diable, que je fume moi aussi.

Il tira sa pipe de terre. Elle était toute blanche, du suçoir au culot.

— Elle est neuve? demanda Pancrace.

— Juste je l'achète, dit Malan.

— Ça doit se fumer doucement, dit Pancrace.

— Doucement et avec des repos et puis, pas la quitter chaude sur le marbre, dit Malan.

Et il sortit sa grande blague en vessie de porc.

★

Olivier, les mains sur la nuque, criait : « Moi, moi! »
Ça avait fait sauter son casque.

Le coup était arrivé sur eux sans prévenir, avec un grand « han » de tout le ciel. La terre était encore là à chavirer.

Maintenant, c'était le ronron du silence mais c'était un silence d'oreille, parce que là, tout autour, la terre jaillissait en jets épais et sans arrêt. Olivier entendait sa voix hors de lui, comme venue d'un autre que lui.

— Moi, moi!

Enfin il entendit aussi une plainte grave et longue comme le bruit d'un bassin qui se vide. Il regarda par-dessous son bras.

Chauvin était renversé sur le dos au fond du trou, cassé, plié sur son ventre; il regardait ce morceau de ciel bleu. Ses yeux étaient comme de la pierre. Il pataugeait à deux mains dans son ventre ouvert, comme dans un mortier.

Ses poings faisaient le moulin; ses tripes attachaient

105

ses poignets. Il s'arrêta de crier. Il était tout empêtré dans ses tripes et, en raidissant ses bras, il les tira comme ça en dehors de son ventre.

Olivier enleva ses mains de la nuque. Il regarda ses mains. Pas de sang.

— Non, pas moi, il dit.

Mais il sentit dans lui comme une grande envie de vomir. Ça montait, ça gonflait ses joues, ça poussait ses lèvres et il ouvrit sa bouche sur son hurlement d'homme seul qui recommençait.

★

— Du côté de Verdun, dit Malan.

— Ça, dit Cléristin en tapant du plat de la main sur le papier glacé de l'*Illustration*, il faut le voir pour le croire. Encore, ces photographies, moi je dis qu'on les arrange; c'est pas difficile. Regardez le père Lauzit : d'un nez tordu, il te fait un nez droit. Il te photographierait Burle, il t'en ferait un bel homme.

Burle retira sa pipe de la bouche.

— Saint Labre qui se moque de son chien, il dit.

— Nous, en Septante, commença Firmin...

— On a beau faire, quand même, dit Cléristin qui regardait encore le journal, c'est des morts, c'est bien des morts; c'est rien que des Allemands. Le petit me disait qu'on a un canon... Lui il est au Mont-Valérien à Paris, il le sait :

« Verda »! qu'il crie, juste au coin du bois, continuait Firmin. « Merde » que j'y dis. Il en est resté comme ça. Et le vieux Firmin resta un moment immobile, la bouche ouverte, les yeux ronds, puis il se mit à rire.

— Du côté de Verdun, dit Malan, tu t'imagines pas ce que c'est, toi, avec tous ces forts en ciment armé! Il y a de tout là-dedans; et les cuisines, et les livres pour lire, et des réfectoires, et tout organisé...

— Alors, où c'est qu'on les tue, dit Burle?

— Comment? dit Malan; comment, quoi, qui?

— Oui, dit Burle qui secoua sa pipe. Oui, où c'est?

— Qui? je te demande, dit Malan.

— Les hommes! Je te demande, moi, dit Burle : où c'est qu'on les tue alors?

Et il regarda tout le monde là autour, et un bon coup pour chacun : Malan, Cléristin, Pancrace, tous ceux qui suçaient leurs pipes et dont les yeux sans vie reflétaient le jour gelé mais bleu du dehors.

*

— ... au capitaine, dit l'ombre.

— Qu'est-ce qu'il veut? demanda Joseph sans lever la tête.

Il était assis au talus de la route. Il mâchait un gros morceau de fromage.

— Oui, qu'est-ce qu'il veut? Je lui ai tout expliqué...

— Il a dit que tu ailles... où il est? Il a dit... « Dites-lui de venir ici, sa place est ici... »

— Et sa sœur! où elle est sa place? dit Joseph; mais il se dressa... Et toi, où es-tu?

— Je suis là, dit le cycliste, attention à ma roue.

Joseph tira ses pieds de cette boue qui était là, en bas, comme la lie de la nuit. Il se mit à marcher le long de la compagnie à la pause. Il en avait son plein sac de cette fatigue, de cette nuit, de cette boue, de cette faim, de ce sommeil qui lui couvrait tout le crâne d'un casque de feu. Et puis il était fatigué. Il était monté déjà là-haut hier soir. Et ç'avait pas été pour voir du beau. Et puis tout ça s'était entassé dans sa tête, et dans ses jambes, et dans son cœur, et c'est dur de se remettre encore face à ça et d'y marcher de nouveau dessus, en pleine connaissance.

— En pleine connaissance, il dit!... Savoir qu'on va là-haut!

La compagnie était là dans la nuit en bordure de la route. Il n'y avait guère de bruit. De temps en temps, un qui se curait la gorge. Ou bien une gamelle de sac qui sonnait contre la crosse d'un fusil.

Puis ça revenait au silence, non pas au beau silence des bruits d'herbe, mais à ce silence épais et lourd, ce silence de dessous de couvercle, cet air étouffé entre la terre gorgée d'eau morte, noyée, et les lourds nuages à gros muscles qui semblaient mouiller la lessive du monde. On ne voyait pas les nuages dans cette nuit. On les sentait, on les entendait passer et se tordre; on en avait le poids sur les épaules et sur le cœur.

— Qu'est-ce que c'est?

— La liaison, dit Joseph.

— Où allez-vous?

— Au capitaine.

— C'est vous qui êtes allé reconnaître?

C'était une petite voix claire comme une fille. De quoi vous faire penser à des choses de matins et de soleil, et de chants de coq.

— Oui, mon aspirant.

— C'est vous?

— Oui, c'est moi.

— Alors? demanda doucement le petit.

— Pas tranquille, dit Joseph.

On entendait grogner le capitaine dans les buissons.

— C'est ma courroie, il disait, ma courroie de derrière, je vous dis. C'est accroché là, je vous dis; non, ne tirez pas, Monsieur Reverchon, regardez un peu.

— La liaison, dit Joseph.

— Ah! le voilà celui-là, dit le capitaine (on avait détaché sa courroie). Oui, ça va, merci Reverchon!

— Alors, qu'est-ce que tu faisais, toi?

— Je mangeais, mon capitaine.

— Je mangeais! Il mangeait! Pas eu le temps de manger avant de partir? Alors, tu sais que je te veux à côté de moi : à côté, là, à côté, contre mes bottes, tu entends? Où est-on ici?

— Ici, mon capitaine?... Ici, on doit être du côté du moulin.

— Quoi? on doit... Quoi, du côté? Tu es allé reconnaître oui ou non? Qui m'a fichu?... Alors tu sais où on est, oui ou non?

— Mon capitaine, on doit être du côté du moulin. Moi, j'ai passé par Pont-Rouge en montant, c'est la route. Nous, on a tourné à gauche tout à l'heure au carrefour. C'est des quartiers que je connais pas, ça, moi. Et puis la nuit...

Le capitaine souffla, il se dressait.

— Voilà, il dit. Voilà, Messieurs! Voilà, vous voyez! « C'est des quartiers que je connais pas ». Voilà! Voilà ce qu'on répond : « Et puis, c'est la nuit. » C'est la liaison ça. Vous avez mes cartes?

— On est allé les chercher, mon capitaine.

— Ah oui! c'est vrai. Bon! Reverchon, dites-moi, allez voir s'ils ne s'endorment pas dans les sections là-bas. Je ne veux pas qu'ils dorment, et dites à l'aspirant de venir aussi. Vous êtes tous là, sauf lui. Toujours fourré avec les hommes, ce petit. Dites-lui.

Alors toi, viens un peu ici, dit-il à Joseph. « Alors pas foutu de me dire où on en est? Bon, mais le secteur tu l'as vu? Tu le connais? »

— Oui, mon capitaine, je le connais, dit Joseph.

— Alors?

— Alors, c'est pas beau.

— Quoi pas beau, quoi?

— Voilà, mon capitaine, je suis allé reconnaître : il y a le boyau, juste après Vrégny. Là, ça va. On passe sous la route 13. Il y a un tunnel. Après, c'est marmité de jour et de nuit, c'est tout effondré. Faudra passer dessus.

— On passera dessus.

— C'est plein de boue jusque-là.

Il se toucha le genou.

— Où, jusque-là? demanda le capitaine qui ne voyait pas dans cette nuit.

— Aux genoux.

— On passera dans la boue. Alors, où ça n'est pas beau?

— Après, mon capitaine, il y a le canal; il y a une passerelle. La mitrailleuse y tape. C'est repéré.

— Après?

— La première section est sur la droite jusqu'à un bout d'arbre et puis, comme ça, ainsi de suite, en tirant vers la gauche, jusqu'à la côte 120. Il y a pas de tranchées.

— Quoi, pas de tranchées?

— C'est dans la boue.

— Et les abris?

— Y a pas d'abris, mon capitaine. Ça a tout foiré dans la boue.

— Pas un abri, pas un?

— Pas un.

— L'autre capitaine, où était-il quand tu es arrivé? Où, dans quel abri, où?

— Il était dans un trou, couché avec un fusil. Même j'y ai dit : « Oh! où il est ton capitaine? » Il m'a dit : « C'est moi! »

On entendait sur la route les pas du lieutenant Reverchon et de l'aspirant qui venaient.

Joseph se cura la gorge.

— A la passerelle, mon capitaine...

— Quoi, à la passerelle?

— A la passerelle, mon capitaine, faudra se méfier.

110

Ils ont des mitrailleuses pointées et puis des fusils à balle retournée et ça crapouillote autour. L'autre capitaine il m'a dit : « Ils surveillent ça de jour et de nuit; au moindre bruit ils cherchent au projecteur et puis ils tirent là-dessus comme sur du jambon. L'autre soir, paraît qu'ils ont tiré pendant plus d'une heure pour des rats qui trottaient sur la planche.

— Voilà les cartes, dit le lieutenant en arrivant. C'est l'aspirant qui les avait, vous les lui aviez données avant de partir.

— Mon capitaine, dit l'aspirant, vous m'avez dit : quand j'en aurai besoin, je vous les demanderai.

— Ah! bon, vous êtes là, vous? Pas malheureux. Alors voilà, on a les cartes, on va partir. Attendez, je viens de me renseigner sur le secteur. Ça va, c'est parfait. Il y a une passerelle.

— Au canal?

— Oui, au canal. Alors, Messieurs, dans vos sections. Je siffle.

Il siffla.

Le bruit s'était apaisé. La compagnie était en rang sur la route.

— On peut encore allumer ici?

— Oui, dit Joseph, on est derrière le coteau.

Le capitaine éclaira sa lampe électrique et promena la lumière sur les hommes.

Dessous les casques, on voyait luire les yeux des hommes jusqu'au fond de la troupe. Ça semblait des pierres luisantes comme quand on découvre la lanterne devant toute l'assemblée des moutons.

*

— C'est ça qu'on chantait, dit Malan.

Il cura sa gorge et cracha dans les cendres du poêle :

Si j'étais hirondelle,
Que je puisse voler,
A l'île Sainte-Hélène
J'irais me reposer.

— C'est gâcher la vie, je vous dis, grogna Burle les dents serrées. C'est gâcher la vie. Vous êtes là à fumer des pipes, vous êtes là... Moi, tenez, ça me fait l'effet d'un homme qui a les pieds pleins de fumier et qui marche sur une grappe de raisin. Voilà ce que ça me fait.

— Tu es un démonte-chrétien, voilà ce que tu es, toi, dit Firmin. On peut pas parler avec toi. De suite les grands airs, de suite la grosse voix à faire sonner les murs. Alors, tu aimerais mieux...

— Non, dit Burle, j'aimerais rien, j'aimerais rien.

Il caressait son genou d'une main lente et il releva ses yeux sous ses gros sourcils pour bien regarder Firmin.

— Je sais ce que tu vas dire; mais moi, ce que je pense, c'est que tout, tout tu m'entends, ça ne vaut pas la vie d'un homme avec ses jours de plaisir, avec tout ce qu'il peut râteler vers lui de bonheur et de tranquillité de ses mains travailleuses.

Il dressa en l'air sa main gauche qui tenait la pipe, et le long tuyau tremblait avec, au bout, un fil de salive.

— Rien que construire sa vie, la sentir monter, sentir qu'autour on s'appuie sur elle, rien que ça, tu le sais, toi, ce que ça vaut...

— Tu as pas de fils, toi, dit Malan, tu as personne, alors qu'est-ce que tu chantes?

Burle se tourna vers Malan, mais le tuyau de sa pipe il le tendait toujours vers Firmin et il le bougeait dans la direction de Firmin, comme pour lui dire :

« Ce que je dis à Malan, c'est pour toi aussi, c'est pour tous. »

— Non, j'ai pas de fils, j'ai personne, je suis seul, oui!

Il avait desserré ses dents et il parlait à pleine bouche bien posément.

— Et sais-tu ce qu'elle me fait dire, votre guerre? Elle me fait dire : « tant mieux! » Et pourtant, Dieu sait si on en a voulu des petits, avec la Belline, si on a eu envie d'en avoir, jusqu'à embrasser en cachette ceux des autres quand je passais dans les villages.

Et maintenant, je dis « tant mieux »! Ah! vous les défendez bien les vôtres d'enfants, là, autour du poêle, au chaud, avec le ventre plein. Non j'en ai pas, mais je sais; j'ai pas vécu dans des maisons, moi, mais dans des cabanes de branches; j'ai pas reposé mes pieds, moi, mais j'ai marché devant mes moutons, au milieu de mes moutons, j'ai vécu toute ma vie avec les bêtes et j'ai vu la vie bien plus épaisse que ce que vous la voyez; je l'ai vue, dans son large, dans sa force; je l'ai vue toute complète, depuis le dessous de mes pieds jusque là-haut, dans les étoiles. Savez-vous ce que vous faites maintenant? Tu le sais. Malan? Toi, je te le dis à toi qui as trois fils, et qui manges, et qui continues à manger et à dormir : tu marches sur tes fils avec tes souliers pleins de fumier; tu leur marches sur la tête, sur la bouche et sur les yeux; toi, oui, toi Malan, tout assis que tu es, là, près du poêle, à te chauffer, avec ta pipe neuve!

Il se dressa. Il repoussa sa chaise du jarret.

— Je peux pas supporter... il dit.

Il débourra posément sa pipe. Pendant ce temps il les regarda tous, un après l'autre. Ils avaient posé leurs regards chacun sur une chose : qui, sur le couvercle du poêle; qui, sur le carafon; qui, sur l'affiche du Byrrh pendue au mur. Pas un ne chercha le regard de Burle.

Il marcha doucement jusqu'à la porte et il sortit.

★

— Arrêtez-vous, arrêtez-vous!

Tous ceux qui avaient traversé le canal couraient dans l'éclaboussement du projecteur, le dos bombé sous les balles des mitrailleuses. Ils disparurent dans la terre.

Il ne resta plus que ce rond de feu qui marchait en silence, illuminant la boue et les morts.

— Arrêtez-vous! Arrêtez-vous! disait doucement Joseph à voix basse, là, dans la terre.

Il était couché contre le talus du canal, dans un beau creux noir où ne pouvait venir le projecteur.

— Arrêtez-vous! Qu'ils s'arrêtent... Ils n'entendent pas alors! Ils n'entendent pas qu'on crie, là-bas, sur la passerelle!

On crie. Et les pieds qui battent l'eau...

Joseph regarde par-dessus son épaule, sans relever la tête : c'en est un, là-bas, qui est encore accroché par les mains à la planche de la passerelle et qui essaie de se remonter, mais il a le sac aux épaules. On le voit dans le reflet du projecteur. La passerelle est pleine de morts, elle en plie.

— Vairon! Vairon!

C'est Couchepot celui qui appelle là-bas; c'est Couchepot qui est pendu par les mains, puisqu'il appelle Vairon. Et Vairon, où c'est qu'il est, celui-là? Dans les morts? Ou bien là-bas à entendre et à s'emplir les oreilles de terre.

— Oui, dit Joseph, j'y vais.

Il a haussé ses grosses épaules. Tout aussitôt, la

114

plaque de feu du projecteur s'est aplatie sur lui. La nuit chante, tout autour, dans un essaim de balles. Il s'est recouché, il s'est fait petit, il n'a plus bougé :

— Vairon, vite, vite!

La mitrailleuse est en train de mâcher le bois de la passerelle et la chair des morts.

— Vite! Vite!...

— De dieu! de dieu! souffle Joseph.

— Vite!...

Et maintenant la mitrailleuse mange quelque chose de chaud et de vivant; elle ronronne dans de la chair molle.

— Ah! Vairon!...

L'eau s'ouvre, toute écrasée par le poids de l'homme : la passerelle délivrée geint lentement en se balançant.

★

Il y avait toujours une trêve du petit matin, à l'heure où la terre sue sa fumée naturelle. La rosée brillait sur la capote des morts. Le vent de l'aube, léger et vert, s'en allait droit devant lui. Des bêtes d'eau pataugeaient au fond des trous d'obus. Des rats, aux yeux rouges, marchaient doucement le long de la tranchée. On avait enlevé de là-dessus toute la vie, sauf celle des rats et des vers. Il n'y avait plus d'arbres et plus d'herbe, plus de grands sillons, et les coteaux n'étaient que des os de craie, tout décharnés. Ça fumait doucement quand même du brouillard dans le matin.

On entendait passer le silence avec son petit crépitement électrique. Les morts avaient la figure dans la boue, ou bien ils émergeaient des trous, paisibles, les mains posées sur le rebord, la tête couchée sur le bras. Les rats venaient les renifler. Ils sautaient d'un mort à l'autre. Ils choisissaient d'abord les jeunes sans barbe sur les joues. Ils reniflaient la joue puis ils se mettaient en boule et ils commençaient à manger cette chair d'entre le nez et la bouche, puis le bord des lèvres, puis la pomme verte de la joue. De temps en temps ils se passaient la patte dans les moustaches pour se faire propres. Pour les yeux, ils les sortaient à petits coups de griffes, et ils léchaient le trou des paupières, puis ils mordaient dans l'œil, comme dans un petit œuf, et ils le mâchaient doucement, la bouche de côté en humant le jus.

Quand l'aube n'était pas encore bien débarrassée, les corbeaux arrivaient à larges coups d'ailes tranquilles. Ils cherchaient le long des pistes et des chemins les gros chevaux renversés. A côté de ces chevaux, aux ventres éclatés comme des fleurs de câprier, des voitures et des canons culbutés mêlaient la ferraille et le pain, la viande de ravitaillement encore entortillée dans son pansement de gaze et les baguettes jaunes de la poudre à canon.

Ils s'en allaient aussi sur leurs ailes noires jusqu'au carrefour des petits boyaux, à l'endroit où il fallait sortir pour traverser la route. Là, toutes les corvées de la nuit laissaient des hommes. Ils étaient étendus, le seau de la soupe renversé dans leurs jambes, dans un mortier de sang et de vin. Le pain même qu'ils portaient était crevé des déchirures du fer et des balles, et on voyait sa mie humide et rouge gonflée du jus de l'homme comme des bouts de miche qu'on trempe dans le vin pour se faire bon estomac au temps des moissons. Les corbeaux mangeaient au pain et en même temps ils le vendangeaient de leurs griffes en sautant d'une patte sur l'autre. De là ils s'en venaient jusqu'à pousser de la tête le casque du mort. C'étaient des morts frais, des fois tièdes et juste un peu blêmes. Le corbeau poussait le casque; parfois, quand le mort était mal placé et qu'il mordait la terre à pleine bouche, le corbeau tirait sur les cheveux et sur la barbe tant qu'il n'avait pas mis à l'air cette partie du cou où est le partage de la barbe et du poil de poitrine. C'était là tendre et tout frais, le sang rouge y faisait encore la petite boule. Ils se mettaient à becqueter là, tout de suite, à arracher cette peau, puis ils mangeaient gravement en criant de temps en temps pour appeler les femelles.

Les morts bougeaient. Les nerfs se tendaient dans la raideur des chairs pourries et un bras se levait lentement dans l'aube. Il restait là, dressant vers le ciel sa main noire toute épanouie; les ventres trop gonflés éclataient et l'homme se tordait dans la terre, tremblant de toutes ses ficelles relâchées. Il reprenait une parcelle de vie. Il ondulait des épaules comme dans sa marche d'avant. Il ondulait des épaules, comme à son habitude d'avant quand sa femme le reconnaissait au milieu des autres, à sa façon de marcher. Et les rats s'en allaient de lui. Mais, ça n'était plus son esprit de vie qui faisait onduler ses épaules, seulement la mécanique de la mort, et au bout d'un peu, il retombait immobile dans la boue. Alors les rats revenaient.

La terre même s'essayait à des gestes moins lents avec sa grande pâture de fumier. Elle palpitait comme un lait qui va bouillir. Le monde, trop engraissé de chair et de sang, haletait dans sa grande force. Au milieu des grosses vagues du bouleversement, une vague vivante se gonflait; puis, l'apostume se fendait comme une croûte de pain. Cela venait de ces poches où tant d'hommes étaient enfouis. La pâte de chair, de drap, de cuir, de sang et d'os levait. La force de la pourriture faisait éclater l'écorce. Et les mères corbeaux claquaient du bec avec inquiétude dans les nids de draps verts et bleus, et les rats dressaient les oreilles dans leurs trous achaudis de cheveux et de barbes d'hommes. De grosses boules de vers gras et blancs roulaient dans l'éboulement des talus.

En même temps que le jour, montait des au-delà du désert le roulement sourd d'un grand charroi. C'étaient ces fleuves d'hommes, de chars, de canons, de camions, de charrettes qui clapotaient là-bas dans le creux des coteaux : les grands chargements de viande, la nourriture de la terre.

Mais le jour traînait longtemps avant de monter. D'abord, de l'horizon déchiré, un liséré de lumière dépassait, puis un feu pâle glissait entre les nuages, coulait comme de l'eau, dans les détours des tranchées. C'était tout. Ça se diluait dans le vaste espace du ciel et de la terre, et ça restait, comme ça, couleur de vieille paille grise. C'était le jour.

★

Le papé s'était avancé jusqu'au rebord du chemin; il regardait celui qui montait.

La maman Fine tordait son tablier.

— Tu le vois, dit le papé, c'est lui.

Il serrait les poings.

Celui-là prenait son temps. Il faisait des détours dans l'herbe pour éviter la boue. On voyait luire ses souliers jaunes. Il avait une blouse bleue comme les maquignons, mais bien ouverte sur le drap de la veste en dessous, et sur le col tout propre, et sur la belle cravate. Deux gendarmes le suivaient.

— Salut la compagnie! il dit en arrivant à dix mètres. Le papé le laissa encore un peu venir.

— Salut! il répondit, mais pas fort, pas engageant.

L'autre essuya ses souliers dans l'herbe.

— Vous en avez de la boue pour monter ici, et d'où ça vient?

— Ça vient de la source qui est crevée, dit le papé.

— Ah! elle est crevée, dit l'homme.

Le papé barrait la route de son vieux corps solide. Ainsi, il tenait l'homme et les deux gendarmes sur le devers de la colline, là où ça n'était pas encore la maison.

Il se tenait bien droit, et, de chaque côté de lui, il y avait ses poings serrés, avec de la terre sur la peau.

L'homme passa sa main par l'ouverture de sa blouse. Il tira sa montre et un papier. Il regarda l'heure. Il agita le papier en le tendant au papé.

— Nous venons pour les chèvres, il dit.

Le papé garda ses poings au long de lui.

— Pas de chèvres ici.

L'homme se mit le papier en travers des lèvres et sifflota en regardant les gendarmes.

— On pourrait voir.

— C'est tout vu, dit le papé.

L'homme fit deux pas vers le papé. (On voyait bien sa belle cravate en presque soie avec, dessus, une grosse épingle fer-de-cheval.) Le papé mit les poings sur ses hanches pour bien barrer tout le chemin avec ses coudes écartés.

— Père! dit la maman Fine.

— Laisse-moi, j'ai dit, c'est tout vu.

— Oui! mais, expliqua l'homme en dressant l'index, on voudrait voir quand même parce que, voilà le papier : c'est la réquisition.

— La réquisition de quoi?

— Des chèvres.

— Père Chabrand, dit un gendarme, c'est la réquisition des chèvres, c'est pour les Indiens. C'est pour manger, vous comprenez? On le sait que vous en avez six; tant vaut le dire!

— Oui, fit le papé; et après, je les ai, je les garde. Je m'en fous de vos Indiens.

L'homme fit un petit geste d'épaules : il voyait, là-bas derrière, la maman Fine, toute affolée, et, comme seule barrière ce vieux; et lui il était là avec deux gendarmes.

— Allez! il dit, on monte; s'il est têtu, c'est pas de notre faute.

Et il commença son pas. Mais il avait devant lui le poing du papé et bien tendu.

— A ta responsabilité, dit le papé. Encore un pas que tu fais, et je te mets la main au collet, et tout Artaban que tu es, si je te secoue, tu perds tes puces pour dix ans. Méfiance! Des garçons de ton genre, ça pèse la plume dans ces mains-là, tout gros que tu sois.

— Père! criait maman Fine.

— Et toi, laisse-moi, dit le papé, ça regarde les hommes. J'y dis ce que je veux y dire, un point c'est tout. Un bon conseil, figure! tourne les talons et descends. Un seul conseil, mais un bon. On a jamais eu l'habitude d'être commandé par les autres, ici.

— Il est fou, dit l'homme; mais on vous les paye.

— Non!

— C'est obligé.

— Non!

— Il ne comprend pas; c'est obligé, je vous dis; c'est pour les Indiens; pour la guerre, la guerre!...

— Oui, ça va, dit le papé; ça va, ne t'enrhume pas à crier. Je comprends, je comprends bien, je comprends trop : la guerre! Moi, je te dis non, et c'est non! Alors les hommes; alors le blé; alors les moutons; alors les chevaux, les chèvres, tout alors, il lui faut tout! Et pourquoi allez-vous chercher toujours chez les mêmes? Pourquoi tu es là, toi? Tu es bien en chair, tu sais. Qu'est-ce que tu fais ici? Oh! gendarmes! qu'est-ce qu'il fait ici cet homme? Y a pas de place, là-haut, pour lui? On a sûrement tué quelqu'un aujourd'hui; ça fait une place vide. Vous croyez que ça pourra durer? Le fils, notre cheval, le blé, maintenant les chèvres. Dites, vous nous laissez les yeux pour pleurer? Vous nous les laissez, au moins, parce qu'ils vont nous faire besoin. Mais, qui commande, dans tout ça? Où est le fou qui commande?

L'homme s'était reculé pas à pas jusqu'aux gendarmes.

— Pas de temps de discuter, dit-il; c'est toujours la même chose; c'est oui ou c'est non?

— C'est non!

— Vous refusez?

— Je refuse.

— Vous aurez de mes nouvelles.

— Merci, dit le papé; ça nous fera plaisir; mais, n'écrivez pas trop souvent.

Comme ils tournaient les talons, il eut deux ou trois ressauts d'un rire plein de colère et de détresse.

— Donne-moi mon chapeau, dit le papé en entrant à la ferme. Je vais aller voir le maire. Et, ne t'inquiète pas, il continua, Fine, ma fille, si ç'avait été une réquisition pour de vrai on aurait reçu le papier, on l'aurait tambouriné. Le garde serait venu. Là, rien. Et puis, ces deux gendarmes qui baissaient le nez. Pas régulier, je te dis; donne mon chapeau, je vais voir Baptistin.

Il y avait du bel air dans cette matinée : un air jaune tout doré, à moitié chaud, à moitié froid, et il avait de petits gestes si nerveux à la fois et si légers, qu'on s'en sentait caressé comme de chatouilles. Le ciel était bien propre.

Le papé tira son grand chapeau noir sur ses yeux et marcha tête baissée. Il aurait fallu marcher en fermant les yeux; on voyait quand même le chemin tout rétréci par l'arrogance de ces mauvaises herbes dures, le chemin charretier qui n'avait plus maintenant de blanc et de tanné que l'épaisseur d'un fil. Il ne passait plus guère d'hommes là-dessus. Les grosses ciguës, bien en chair, avaient mangé les ornières et tout le clair du chemin; déjà, dans ce qui serpentait à peine au milieu, comme un sentier, la dartre des saladelles rongeait la terre. Le papé marchait là-dessus avec ses gros souliers à clous. Il appuyait fort sur les herbes pour les écraser, pour laisser sa trace, pour défendre le chemin, le passage des hommes, tout ce qui s'effaçait maintenant dans le grand débord.

Ah! il n'avait pas besoin de relever son chapeau et de regarder la terre pour savoir. Il savait en lui-même, il voyait par sa pensée et sa réflexion : les champs avec ce blé rare, comme de la barbe de jeune homme; ce blé jaune et tout anémique, ici en touffes, là tout clair; ce blé semé de main de femme; ce blé d'enfant. La force des mauvaises herbes, depuis qu'on avait perdu tout savoir et toute adresse. Depuis que les lourds de science et les porteurs de mains saines, on les avait envoyés en gros troupeau dessus la mort.

Le grand débord!

Il n'y avait plus de charrues pour ronger la lande, pour naviguer en rond dans les grosses pièces de terre rouge. Il n'y avait plus de bêches et de houes, de pioches et de herses; il n'y avait plus de ces araires pirates qu'on emportait à dos d'homme jusqu'au milieu de la garrigue pour gagner un peu de terre neuve, et maintenant, tout débordait. Le grand bénéfice de la terre, il était pour ces viornes et ces ronces, et ces vignes folles qui étouffaient tout sous leurs longues mains nerveuses aux cent doigts. On avait fait comme un large cirque et on avait poussé là-dedans tous les laboureurs saouls, et on leur faisait se casser les reins en se luttant.

La belle fête!

Et tout débordait. On entendait sourdement ruisseler des collines le torrent des graines et des racines. Des genévriers éclataient au milieu des champs. D'épaisses boules de cuscute s'engraissaient comme des tiques dans les luzernières.

— On va tout perdre! On va tout perdre!...

Il ne restait plus que le soleil, la pluie, le vent, la terre : tous libres, tous libérés des hommes; ça recommençait à vivre la grande vie d'avant.

Sur le banc de pierre, devant la Mairie, la vieille était assise. Elle était sage, les mains croisées sous son tablier.

— Oh! tante Mie, dit le papé, qu'est-ce que vous faites là, à l'ombre?

— J'attends mon garçon, dit la vieille. Il est là-haut, on le révise.

— Où, là-haut?

— A la Mairie bien sûr. On le passe au conseil.

Les grandes portes de la Mairie étaient ouvertes à deux battants. Il y avait beaucoup de poussière dans le couloir.

— Oh! tante Mie, vous raisonnez ou bien vous voulez rire, dit le papé?

— Je ne veux pas rire, dit la vieille, je raisonne. Il passe le conseil. Alors, je me suis dit : avec toutes ces émotions, si sa crise lui prend, il vaut mieux que tu sois là. La dernière fois on me l'a laissé dans le ruisseau; il était à moitié étouffé. Alors, je suis venue l'attendre.

Le papé regarda les fenêtres, là-haut. Oui, on avait enlevé les rideaux et nettoyé les vitres. A travers ça, on voyait luire du brillant sur un képi, et puis du blanc de blouse, et puis du blême un peu verdâtre, de la peau d'homme nu.

— Albéric, dit le papé, en rencontrant le garde dans le couloir, va dire à Baptistin qu'il vienne; c'est juste pour un mot.

— Entre là-dedans, dit Albéric, une petite minute; il a du travail avec ce conseil.

Il ouvrit une porte, ça sentait l'étable et la sueur : ils se déshabillaient là-dedans et puis ils attendaient tout nus. Dans l'autre salle, on criait des noms. Alors, un de ceux-là marchait sur ses pieds déchaussés, avec un bruit comme en font les bêtes. Comme il entrait là-bas, on entendait : « Pesez-le! » Le poids grinçait sur le fléau de la balance :

— Cinquante kilos, on disait.

Le papé resta un moment avant de reconnaître tous ceux-là. On ne les voyait d'habitude qu'habillés, et alors, dessous les vestes et les pantalons on peut cacher bien des choses : des hernies qui font le champignon sur le ventre; des épaules toutes cassées dans le milieu; des poitrines courbées en dedans; des jambes torses; des bras pliés; des écrouelles; des croûtes de mal. Celui qui avait les fesses toutes rouges de sang, c'était le notaire; il avait gardé ses lorgnons. Il essaya de rire.

— Alors, vous aussi, grand-père?

— Ça viendra, dit le papé.

Le Maire entra : il avait les yeux hors de la tête et son cou gonflé débordait le faux col de celluloïd. Il entraîna le papé dans un coin.

— Je sais, Chabrand, il dit, tu dois venir pour les chèvres. Tu es déjà le troisième. Non, il faut rien donner. Non, c'est pas régulier : c'est un de Marseille qui achète les chèvres pour les Indiens. Mais à son compte, pas pour l'État. Alors, pour aller plus vite, il a inventé ça : la réquisition. Il donne cent sous aux gendarmes. Non, ne donne rien. Ne donnez rien.

— Tu aurais dû prévenir, Baptistin. Il a dû en prendre d'autres, s'il ne m'a pas pris.

— Tu veux que je te le dise, dit le Maire en abaissant ses bras découragés; je ne sais plus où j'en suis. J'ai la tête folle. D'ici, de là, au four, au moulin; être partout, tout faire, penser à tout. C'est pas mon métier, je ne sais plus où j'en suis. Aujourd'hui je devrais être à la terre d'En-chau à herser, et puis, je suis là, tu vois!

Le papé regarda les hommes nus.

— En parlant de ça, il dit, j'ai vu la Miette en bas. Et alors, son fils?

— Alors, on l'a pris.

— Tu as pas dit qu'il tombait du mal de la terre?

— Ah! je l'ai dit. L'autre m'est venu dessus comme un lion :

« J'ai des ordres, moi, monsieur le maire, il m'a gueulé.

J'ai des ordres. Si on passe ces visites, c'est pour avoir des hommes. Combien il pèse? 60 kilos... Bon! la taille, le poids. Je connais que ça. S'il tombe, on verra. Allez! »

— Au revoir, dit le Maire.

Le papé s'enfonça le chapeau sur les yeux. Il poussa un soupir.

— Qu'est-ce que tu as?

— Rien, dit le papé.

Il passa devant la tante Mie sans lui parler. Elle était toujours là, bien sage, avec ses mains croisées sous le tablier.

Alors tous, même celui-là!

On voulait donc l'assécher la source des hommes!...

★

Le soldat sortit de cette salle d'attente des troisièmes qui n'était pas éclairée. Il s'approcha de la sentinelle :

— Louis! il lui dit.

Avant de répondre, le planton regarda dans le bureau du commissaire de gare. L'autre, là-bas dedans, avait déboutonné sa tunique du haut en bas, même le col; il serrait, contre le bord de la table, son gros ventre en chemise fine; sur le buvard de son sous-main il dessinait soigneusement une rosace au crayon rouge et bleu.

— Quoi? dit la sentinelle.

— Tu as ton bidon?

— Pendu au lit.

— Parce que voilà, dit le soldat : il y a Gustave qui a trouvé un tonneau de Bordeaux au fond des voies, vers le disque. Il y a mis un coup de baïonnette. On est là-bas à tenir le trou avec le doigt. Ça pisse d'un mètre. On a rempli tous les seaux, les plats; je te vas remplir le bidon.

Toute la carapace vide de la gare chantait, sous le vent de la nuit, une chanson d'ailes de fer. De longs trains fatigués haletaient là-bas devant, sur des voies de garage. Dans les wagons, des bœufs gémissaient une détresse humaine vers les libres prairies pleines de lune.

Un épais train d'hommes dormait sans bruit à côté d'une longue chenille de plate-forme tout hérissée de canons.

Deux hommes d'équipe se disputaient près du levier à disque :

— Ouvert! je te dis.

— Fermé! je te dis, le 504 est à l'heure.

— Ouvert!

Ils avaient tous les deux la main sur la poignée du levier.

Maintenant, le Commissaire de gare tapait sur le rebord de la table avec son coupe-papier. Il chantonnait :

> Tantôt la tête en bas ;
> Tantôt la tête en l'aire.

devant sa rosace toute ronde, sans pied ni tête, bien

dessinée. Il but à un bidon de deux litres, puis, avec un large sourire, il regarda les filaments de sa lampe électrique.

Le train d'hommes siffla longuement. Il partait.

★

Dès le seuil de ce village on marchait sur les fascines qui bouchaient un trou de la route et ça jutait tout rouge autour du soulier. Les ruisseaux coulaient pleins de sang. Des troupes de chiens, la queue basse, l'œil mauvais, suivaient dans l'air épais les serpentements de l'odeur de mort.

Dans l'ombre des granges ouvertes, de grandes formes blanches aux bras courts étaient crucifiées contre les murs. C'étaient des corps massifs comme des pains, fendus au milieu comme des pains, mais d'une large fente, béante et rouge.

C'était le village de la boucherie. Les gros murs de pierre craquaient doucement de tous ces bœufs éventrés et pendus à pleins crochets par les jarrets.

Un homme passait avec un seau à la main. Il faisait équilibre de son bras gauche et de toute sa tête à un grand seau plein à ras bord de sang caillé et de tripes. Un autre marchait derrière et il tenait tout le large de la rue.

— Pas si vite, toi du seau.

Sur une claie, il portait un grand quartier de bœuf arraché tout saignant à la bête morte.

On entendait dans les cours des coups de marteau qui sonnaient sourds, comme dans de la peau et du poil. Le bœuf tombait. Les sabots raclaient les pavés de la cour. On gonflait un ventre de mouton avec un gros soufflet. On tapait sur le ventre gonflé avec une tringle de fer.

— Tiens la porte, dit l'homme à la claie.

Un autre homme sortait à ce moment-là. Il ne portait rien qu'un petit couteau, tout petit, tout aigu comme une aiguille. Il luisait au bout de son gros poing ganté de sang caillé.

— Combien? il dit, en mettant son large dos contre le mur pour laisser passer.

— Soixante kilos, dit l'homme au seau, sans ça (il montrait les déchets dans le sang).

Par la porte ouverte on voyait le jour de la cour, et juste, dans ce jour, un homme qui fendait une tête de bœuf sur un billot, à grands coups de hachoir. Il s'arrêtait de temps en temps pour essuyer sa moustache pleine de morceaux de cervelle, puis il secouait ses doigts. Il était là dans un envol de poules et de canards qui se battaient sur des éclaboussures de viande.

★

— Regotaz! Regotaz! appelait doucement Olivier.

Il savait que celui-là, couché à plat ventre sur la terre ne pouvait plus l'entendre. Il appelait à cause de ces larges épaules étalées, de ce torse solide, de ces grosses jambes aux pieds retournés.

Il essaya de pousser l'homme sur le dos pour voir sa figure. Il pesait trop. Il était en même temps lourd et mou. Olivier s'allongea contre le mort. Il l'empoigna aux cheveux; il essaya de relever ce visage.

Il n'y avait plus de visage. Plus de bouche, plus de nez, plus de joues, plus de regard : de la chair broyée et des hérissements de petits os blancs. Il restait juste un peu de front et c'était en train de se vider dans la terre.

— Regotaz!

128

La main du mort serrait une motte de terre avec un petit brin d'herbe.

★

Joseph courait dans le petit sentier à contre-pente. Il soutenait son bras droit. De sa main gauche, large ouverte, il essayait de boucher ce trou du coude, ce fouillis mou d'os et de chair d'où le sang giclait en fontaine à travers ses doigts. Il voulait boucher ce trou. Il courait deux ou trois pas, puis il marchait deux ou trois pas en soufflant, puis il recommençait à courir. Il n'arrivait pas à boucher ce trou. Il serrait fort avec sa main gauche, mais toujours le sang traversait. Ça le vidait. Il lui semblait que l'air entrait dans lui par ce trou, qu'il n'était plus entier et bien fermé au milieu de l'air mauvais, mais que déjà tout cet extérieur de terre bouleversée, de feu, de poudre et de sang, tout ça commençait à entrer dans lui, et qu'au bout d'un peu, si ça durait, il allait se mélanger à tout ça, lui Joseph; lui sa chair, se fondre dans tout ça comme du sucre dans l'eau.

Le cadavre noir qui avait planté ses dents dans l'écorce du saule était toujours là, accroupi au bord du canal.

Le ciel charriait là-haut tout le torrent de la préparation d'attaque. De ce côté-ci il y avait au ras de terre un peu de calme. Un petit jour verdâtre qui sentait la poudre et l'os brûlé.

— Le canal, le canal! appelait Joseph.

Il était là le canal, aplati dans sa terre, immobile, tout luisant de pourri.

— Et le peuplier, le peuplier, peuplier! appelait Joseph.

Il vit le peuplier, juste un chicot d'arbre tout en

esquille et, clouée dessus, la planche à la croix rouge.

Il chercha la porte en tapant du casque dans les sacs à terre.

— Ici, dit une voix.

On le tira par le bout de la capote. Le major se retourna.

— Tenez-le, celui-là, il dit.

Il était sans tunique et nu-tête et il avait relevé ses manches de chemise jusqu'au-dessus du coude.

Il se pencha, une scie à la main sur un homme tout bandé en arrière et qui ronronnait, la bouche ouverte, un grand ronron de douleur, de fatigue et de calme.

— Reste là, dit l'infirmier à Joseph, attends.

— Mon bras!... dit Joseph.

— Oui, attends.

Le major appela :

— Fabre!

— Voilà!

Il mit sa main pleine de sang sur l'épaule du caporal.

— Celui-là, au fond.

Il regarda sa montre de poignet et souffla dans ses moustaches.

On emportait l'homme qui ronronnait toujours à pleine gorge.

— Fabre!

— Voilà!

— Un moment, puis tu iras là-bas au fond. (Il se pencha vers l'oreille du caporal) : tu sortiras les morts, pas besoin qu'ils soient à l'abri. Va falloir de la place. Allez!

— Toi, il dit à Joseph.

Il touchait ce gros pansement. Il ne reconnaissait plus son bras. Avait-on bien bouché, au moins? Bien bouché ce trou d'où il coulait dans l'air, lui, Joseph?

Il aurait voulu regarder et puis le boucher lui-même, ce trou, pour savoir, pour être sûr. Il touchait son gros pansement. C'était là au fond; ça commençait à faire mal. Dans son échine serpentait la brûlure, puis la glace de la fièvre.

Là-dedans, c'était une telle épaisseur d'odeurs que ça emplissait la gorge comme de la boue.

De temps en temps le caporal allait agiter la lampe à carbure. C'est dans ces moments-là qu'on voyait, là-bas au fond, ceux qui ronronnaient doucement, sans plus se soucier de la terre et de la vie. Le caporal berçait la lampe, comme un petit enfant. Elle jetait des langues de flammes vers le fond. Ils étaient alignés là-bas : celui du milieu était un grand à barbe châtain; dessous il y avait ses joues creuses, ses yeux creux, son nez comme une lame de couteau. Son front portait la couronne d'un lourd bandage, si gonflé de sang qu'il suintait en filets le long du visage.

— Tu vas finir, disait le major.

Le caporal posait sa lampe.

Ça sentait l'éther, le sang et l'iode; des pansements sales fermentaient dans les coins.

— Quelle heure? demanda le major.

Il luttait avec un homme couché. Celui-là se défendait avec ses bras en criant.

— Tenez-le! Venez le tenir!

— Cinq heures, dit Fabre.

— Venez le tenir, je vous dis! Relevez-lui les bras. Ne crie pas! Serrez; bon! Fabre, l'éther, les grandes bandes. Coupez la veste. Le cœur d'abord, le cœur. Bon. Non, ça va... Brancard, celui-là, et à Vrégny tout de suite! Fripot, toi, et puis un autre; allez à Vrégny et pas par la route. Le boyau, vous entendez?

Le major s'essuya le front...

— Fabre! il appela d'une petite voix faible, la gnole!

Le caporal lui passa le bidon. Le major emboucha le goulot.

— Ah! il fit en suçant ses lèvres.

Il avait de beaux yeux désespérés, tout relâchés maintenant de leur dureté. Il fit un petit sourire fatigué. Le caporal souriait aussi doucement.

— Donnes-en à celui-là, dit le major.

Il montrait Joseph en train de se noyer dans son mal, sa peur, la boue d'éther qui bouchait sa gorge.

Il se fit soudain dehors un grand silence, comme si on tombait dans l'épaisseur du ciel. Joseph s'en sentit le ventre tout vide. Le major leva en l'air son ciseau sanglant.

— L'attaque, il dit. Puis : Fabre! va voir.

Fabre sortit. C'était le petit jour : plus d'obus. On entendait clapoter le canal et, là-bas au fond, vers le liséré vert de l'aube, des cris d'hommes menus et pointus, comme d'une bataille de rats. Une mitrailleuse tapait lentement. Une grappe de grenades éclata du côté du moulin.

— Oui, dit Fabre en rentrant, c'est ça, ils sont partis...

— Alors maintenant, dit le major...

Il regarda autour de lui ce sang déjà et cette boucherie d'hommes.

Maintenant, dans cette petite caverne de la terre, contre le talus du canal, on venait décharger de la viande à pleins brancards. Un barrage enragé écrasait les réserves de l'autre côté du canal. Ce feu de fer et cette fumée dansaient sur les hommes à grands coups. Dans le canal l'eau frémissait comme une peau de cheval. La flamme de la lampe de carbure se couchait, puis s'élançait vers le plafond. Toute la caverne tremblait comme un ventre de bateau.

Dehors, on appelait :

— Fabre! Fabre!

Il y avait des lignées de blessés tordus ou tout empaquetés dans des capotes et des vestes, et des pansements flottants. Du milieu de ça, un œil découvert regardait sans bouger la paupière, ou bien un bras haussait sa main comme une grappe écrasée, ou bien une flaque d'humide s'élargissait à la place d'un ventre.

— Fabre!

— Reste là, dit le major. Va chercher de la terre.

Du menton, il montra ses pieds qui glissaient dans le sang.

Fabre allait chercher de la terre dans un sac, puis il la vidait sous les pieds du major. L'autre fouillait dans de la chair avec ses couteaux.

— Au fond!

— L'autre!

— Pas la peine. Au fond!

— ...

— De la terre!

Fabre sortait. Il était blanc comme le cœur de la flamme de lampe.

— Pansements.

— Fabre!

— J'étouffe! j'étouffe!

— Fabre, au fond, fais jeter les morts.

— Fabre! Fabre! on criait dehors.

Fabre courait, plié en deux, les dents serrées. Il glissa, tomba sur Joseph.

— Vieux! il dit pour s'excuser.

Joseph le regarda d'un regard vidé par cette odeur d'éther.

— De la place, Fabre, jette les morts dehors, au canal.

Deux hommes entraient avec un brancard.

— Doucement, disait celui qui marchait à reculons.

Le major regarda.

— Mort. Dehors. Fabre, de la terre.

Il s'essuya le front de ses mains pleines de sang.

— Monsieur le Major! Monsieur le Major! gémissait l'homme.

— Oui, petit gars, dit le major.

Il lui touchait la poitrine, molle, toute en boue, tremblante comme de la gélatine.

— J'étouffe.

— Les gars, ceux qui peuvent, aidez-moi, cria Fabre; sortons les morts. On étouffe là-bas au fond.

— Attends, dit le major. Les gars, mes petits, il dit. Hé là! ceux qui entendez, vous voyez, il n'y a plus de place. Vous voyez les copains qui arrivent. Ils sont plus malades que vous. Ceux qui ont leurs jambes, levez-vous, vous allez filer sur Vrégny. Là-bas, on vous soignera mieux. Il y a des lits. Allez! Fabre, donne-leur de la gnole.

— Ne vous lâchez pas, les gars, restez ensemble. Vrégny, c'est tout droit.

— Tu peux courir, toi? demanda Fabre à Joseph.

— Oui, dit Joseph.

Il savait : Vrégny, là-bas; des arbres, l'hôpital près de l'étang.

— Oui, dit Joseph.

Le barrage était là-devant, avec son feu et ses gerbes de fer.

— Après le canal, courez, dit Fabre.

Il les regarda s'en aller, lourds de pansements. Ils essayèrent de courir après le canal, mais ça n'alla pas loin. Ils se mirent à marcher. Parfois la fumée les effaçait : le dos courbé, ils entrèrent sous le hachoir de fer et de feu.

— Une pitié! dit Fabre dans ses grosses lèvres dégoûtées.

LE CINQUIÈME ANGE SONNE
DE LA TROMPETTE

— Hier après-midi, le boucher, rentrant à l'improviste, a trouvé sa fille couchée avec l'apprenti. D'abord, il n'a vu que la grosse Fonsine toute débraillée, couchée à plat dos, à écraser le lit.

— Tu es malade? il allait dire.

Quand il a vu le petit qui se cachait du côté de la ruelle, derrière toute cette graisse nue.

Ce matin, le boucher est monté à la soupente :

— Tu es là, feignant? il a demandé.

— Oui, a répondu l'apprenti.

— Lève-toi, tu viens avec moi en tournée.

La rue matinale sent l'urine et le thym. Il y a juste un peu de jour et une fraîcheur de vent bien montagnère. On sort le cabriolet devant l'écurie.

L'apprenti amène le bidet. Le boucher tripote les harnais et les boucles. Il grogne :

— Cochon! Cochon!

Puis, il se décide à glisser le regard vers l'apprenti.

— Tu es un cochon!

— Oui, dit l'apprenti.

— Allez, monte, je vais te mener dur, moi, maintenant.

Il fait bouger ses gros sourcils gris et le petit monte dans la voiture en tremblant comme un chevreau.

En sortant par la porte du plateau, on a rencontré le père Nègre.

— Bon voyage, Gustave, a dit Nègre, en haussant la main.

— Merci ! toi de même, a fait le boucher.

C'est un matin de bon vent doux, comme on en a parfois en juillet après une bousculade d'orage.

Toute la terre couverte de blé mûr est là, rousse comme du beurre dans le grand bol bleu des collines. Les nuages s'en vont, au fil de l'air, comme de grands bateaux. Ça donne envie de sortir des maisons en alignant ses pas comme sur une tringle. C'est un de ces temps qui fait remonter les chansons du fond du cœur. La vue s'en va jusqu'à des lointains : la colline de la « Bonne Mère », « l'Escariade » à contre-jour, aiguë et brune comme une épine de rosier.

Julia est venue s'habiller devant la fenêtre ouverte. Elle a juste mis un jupon sur sa chemise. Elle se regarde respirer. Une cloche sonne à Rouquières sur l'escalier des montagnes. Le ciel rond, que le vent soulève, respire comme un sein, Julia descend pieds nus jusqu'à la cuisine. Elle jouit du froid des pierres sous ses pieds. Elle prend la débéloire, elle se verse une tasse de café. Elle va au seuil. Elle est droite comme un bel arbre ou comme un pot de terre fine avec cette rainure que fait dans sa chair l'attache du jupon. Le poing gauche sur la hanche, elle suce doucement le café du bout de sa lèvre pointue. De temps en temps elle donne de petits coups de pieds dans l'herbe pour se mouiller de rosée. Cette petite herbe lui suce l'entre-doigt avec ses langues froides. Julia est toute en fleurs.

Madeleine revient du poulailler avec trois œufs dans chaque main.

— La noire a fait ? demande Julia.

— La noire, et puis la grise, et puis celle qui a la marque de fil rouge à la patte.

Madeleine ouvre la main.

— Regarde, c'est le pointu. Il est pas mal gros. Elle va s'y mettre aussi, celle-là.

Jérôme arrive et demande :

— Quoi ?

— La poule marquée s'est mise à l'œuf.

Il regarde l'œuf dans la main de Madeleine. Il dit :

— Je vais à la ville voir pour la poste. Trois semaines demain qu'on a rien reçu de Joseph.

Madeleine pose doucement les œufs au fond de la petite jarre. Julia lave sa tasse à l'évier. Elle demande :

— Tu as du travail aujourd'hui ?

— Je pensais étendre la lessive, c'est le temps.

— C'est aussi le temps de couper notre blé de Soucotte, dit Julia. Je vais aller commencer seule.

Elle met ses pieds nus dans de gros souliers. Elle s'y place à l'aise en tapant du talon sur les dalles. Elle a regardé la faux. Elle a passé son pouce sur le fil de la lame. Elle s'est attaché à la ceinture la corne de bœuf pleine d'eau où trempe la pierre à aiguiser. Elle a chargé la faux sur son épaule et elle est partie.

La voiture du boucher navigue à plein trot dans les ornières du plateau. Le vent la pousse, puis la dépasse, s'amuse là-bas devant la poussière, secoue les amandiers et court dans les blés.

De temps en temps Gustave laisse aller les guides, fronce ses gros sourcils, tourne la tête.

Le petit est là raide et tout serré sur lui-même. Sa petite figure sans poils, mince comme un museau de rat, renifle le vent. Il ne regarde pas le patron. Il regarde droit devant lui la route qui vient. Il a mis ses mains en coquilles sur ses genoux. Il n'ose même pas se retenir aux ridelles et il trotte du buste et de la tête en même temps que le cheval.

Il n'y avait rien à la poste. Le courrier n'était pas arrivé. Jérôme s'est assis à côté des vieux, sur le banc de pierre.

Trois femmes sont à la fontaine. L'une pétrit sur la margelle du bassin une petite poignée de linge blanc. Des deux autres, une est à remplir sa cruche, l'autre attend, les mains sur les hanches.

— Pour les jours, j'en ai des bleues, dit la laveuse.

De ses doigts mouillés elle tire l'échancrure de son corsage et montre le bord bleu de sa chemise.

— Celle-là, c'est pour le dimanche. Regarde la dentelle.

De la masse savonneuse, elle tire à deux doigts les bretelles d'épaules et les montre étalées sur sa main.

— Et l'entredeux....

Le gros canon de la fontaine chante une chanson qui monte à l'aigu dans la cruche.

Le jeune Amaudric vient faire boire le cheval. La bête souffle sur le bassin à pleins naseaux pour crever la peau de l'eau. Le savon lui pique le nez. Il tire une reniflade et puis se met à danser des fesses et de la tête.

— Tiens ton cheval, crie la laveuse, tiens-le, fils de ta mère.

— C'est ton savon, épouvantail de figuier.

Le cheval s'est calmé, il boit dans le seau. Le petit

et la femme se battent en se lançant à pleines mains l'eau du bassin.

— Margotte, tiens-le moi.

L'autre femme a posé sa cruche et attrapé le garçon d'un rond de bras. Elle le serre sur sa poitrine; comme il rue, elle ouvre largement ses cuisses et le met à la tenaille entre ses jambes.

— Là, Margotte, tiens-le bien, je vais le laver, que son nez fait de la morve.

Le petit se tord comme un lézard, mais la laveuse lui barbouille la figure avec cette chemise de femme pleine de savon.

Julia est venue se planter devant le champ de blé. Elle a regardé tout le plat de ce champ qui est comme un étang entre les haies de cognassiers, puis elle a posé sa faux, manche à terre, lame haute et elle s'est mise à passer la pierre : une vieille pierre à aiguiser bleue et où ses doigts ont retrouvé l'empreinte des doigts du Joseph. Elle en a la pleine main de cette pierre et elle en sent tout le lourd en la balançant le long de cette lame de faux.

Le vent s'est chauffé au soleil monté; il est là, couché sur le plateau, presque en sommeil. De temps en temps il remue les bras ou les doigts, ou ses cheveux dans les blés et les lourdes herbes jaunes ballottent comme de l'eau.

Julia a fait le pas, le premier pas, celui qui décide. Elle s'est trouvée alors à la lisière du champ. Le champ est là, contre elle, il craque doucement sous l'épaisseur du blé. Elle a bien assujetti cette large ceinture de cuir dur et chaud qui lui serre les flancs comme un bras et placé la corne de bœuf juste à la pente de l'aine, à l'endroit où la placent les hommes. Elle s'est penchée; elle a porté sa force à droite, elle l'a lancée doucement en glissade du côté de la gauche; alors, la grande faux est entrée dans le blé.

Voilà maintenant des andains alignés; bien alignés, foi de Dieu; en s'appliquant, en relevant un peu la pointe de la faux, quand les tiges coupées glissent, ça tombe en belle dentelle régulière sur la chaume ras. C'est aussi bien fait que de la main du Joseph. Il y en a aussi de la force dans ces bras!

Julia va, courbée, les jambes écartées, la corne de bœuf battant son ventre, se balançant de droite à gauche dans l'équilibre de cette grande lame plate qui rase le sol comme une hirondelle.

Elle était déjà là-bas, vers le milieu, elle a entendu le roulement d'une carriole, le trot d'un cheval s'est arrêté et on a crié :

— Oh! là-bas!

Elle a retenu la faux lancée, elle s'est redressée. Elle s'est fait de l'ombre sur les yeux avec la main.

— Oh! Gustave, elle a répondu : « J'y vais! »

Et, la faux posée, elle est venue vers la carriole. La sueur se refroidissait en coulant tout le long de sa peau; mais, à mesure, le soleil chauffait comme une grande bouche, approchée d'elle.

Elle est devant le cheval. Elle lève les bras pour rattacher son chignon. Ses aisselles noires et épaisses s'ouvrent. Le cheval détourne le museau et secoue les oreilles.

— Et cette truie? demande Gustave.

— Elle est toujours là-bas, dit Julia.

— Elle va mieux?

— Non, ça lui a pris le dessous du ventre.

— A se décider, dit Gustave, on gagnerait à se décider tout de suite.

Julia reste un moment sans rien dire avec des épingles à cheveux entre les lèvres.

— Tu crois que ça risque?

— Ça peut risquer qu'elle te crève un beau matin, voilà le coup.

— C'est guère le temps, fait Julia en regardant l'air trouble comme une vitre.

Gustave se penche.

— Le temps, ma fille, c'est de tout maintenant. Je la tue, je la mets dans la glacière et ne t'inquiète pas de maladie, c'est pour les soldats.

— Et le prix? fait Julia.

— Ça a été dit un bon coup, je démords pas.

Elle hésite.

— A ton aise, dit Gustave, et déjà il rassemble les guides et prend le fouet.

— Oh! le fait est... dit Julia et elle met le pied sur le marchepied.

— Eh! oui, dit Gustave, tant vaut de suite, monte. Toi, tire-toi d'ici, il dit à l'apprenti.

Le petit est coincé entre le patron et Julia. Bien coincé : le banc est étroit, la femme est large et dure.

Mais les secousses de la carriole mal pendue les tassent.

Il n'a pas quitté ses genoux de ses mains en coquilles; il est raide. Il n'ose pas trop s'appuyer au patron. Il se serre contre la femme chaude comme le soleil et si bien graissée de sueur sous la chemise et la mince jupe, qu'elle le mouille à travers tout ça et qu'il en est collé contre elle.

— Madeleine, c'est pour la truie!

— Oh! moi, je vais, dit Madeleine, jusqu'aux Gardettes, me faire prêter trois pains. J'ai oublié de le dire au père quand il est parti.

— Je ne sais pas, dit Julia, si on en viendra à bout, Gustave et moi. Elle est mauvaise, le mal doit la ronger en dedans.

Gustave rit.

— Laisse. On fera bien, nous seuls. Ne t'inquiète. S'agit de savoir. Ça se mignote tout comme une femme.

Il fait le petit œil luisant et il regarde la poitrine de Julia, les jeunes épaules, les poils qui frisottent hors de l'entre-bras.

La soue est une grande cave en voûte. On ouvre la porte, une haleine froide souffle. Dedans c'est noir. Il faut rester au seuil un moment pour s'habituer à l'ombre, au froid, à ce haut vinaigre de pissat et de paille pourrie.

— Je la vois, dit Gustave, elle est là-bas au fond. J'y vais.

— Méfiance, dit Julia, n'y va pas sans rien.

Il a fait trois pas, mais comme il arrivait près de la bête, elle s'est levée si subitement que le fumier aspire tout son jus et Gustave saute de côté.

— Ferme la porte!

Julia qui guettait ferme la demi-porte : elle rit parce que Gustave enjambe la planche et sort rouge, soufflant et l'œil un peu bousculé.

La truie cogne la porte du groin : babines troussées elle tord son nez, souffle, déchire le bois de ses dents jaunes et le broie à pleines mâchoires. Elle a des yeux comme des trous avec, au fond, du sang caillé.

— Tu vois, pour vouloir y aller sans rien, dit Julia les joues toutes gonflées de rire.

Gustave reprend haleine. Il regarde la truie. Il regarde Julia ; il mord sa moustache.

— Je l'aurai sans rien, il dit.

— Faites-vous arracher un bras à coups de dents!

— Elle n'arrachera rien du tout. Recule-toi.

— Vous faites l'enfant, Gustave.

— Enfant ou non, recule-toi, dit Gustave sèchement. Va plus loin, plus loin encore. Pas de femmes pour ça. Ce que je veux faire, c'est un travail d'homme.

Et il met la main à la clenche.

Julia s'est reculée jusqu'au rouleau à blé. En deux sauts elle peut être à l'échelle de la grange. Bon, qu'il se débrouille.

Gustave tire le loquet. Il dit un mot, il en dit deux. Il est immobile. Pas de gestes. Seulement ce flux qui vient de sa bouche cachée dans le jonc des moustaches. Il dit des mots, ça coule au long de lui à glouglous réguliers comme un chat qui parle aux braises. Il ne bouge pas ni son bras, ni son épaule, ni sa tête. Et la porte s'ouvre toute seule, comme s'il avait un bon ouvrier boucher à côté de lui.

Julia retient toute sa respiration au fond d'elle. Le groin de la truie s'avance, dents découvertes. Gustave ne bouge pas; il fait son bruit. Il a confiance. Il sait. Il regarde tout simplement une toile d'araignée. Les grosses dents sont là maintenant, contre la jambe de Gustave, prêtes à mordre, prêtes à déchirer cette main pendante, un petit morceau aux os vieux et qui s'arracherait d'une happée. Elle ouvre la gueule. La chanson coule dans l'herbe, le long de ce pantalon et cette main.

La truie se recule. L'homme fait un pas en avant. La truie entre à l'étable. L'homme suit.

Julia se dégonfle de sa grosse respiration. Elle est toute éblouie par ça comme par un éclat de feu. Elle ne sait plus, elle n'est plus rien. Elle reste là, à se gonfler d'air, à se dégonfler sans plus penser. Le soleil lui brûle la joue. Elle appuie sur sa joue la paume moite de sa main.

L'homme! L'homme! Un travail d'homme, cette domination!

Tout à l'heure elle a enlevé sa ceinture de faucheuse; malgré ça, elle sent encore là, au bas de son ventre, le balancement de cette dure corne de bœuf pleine d'eau.

Quand Madeleine les a vus occupés aux soues, elle a

vite arrangé ses frisottes d'un tourné de doigt; elle a tapoté son tablier et elle est allée aux Gardettes.

De ce côté-là du vallon, c'est bien plus beau que du côté des Chauranes. C'est plein de vieux arbres. Une idée du papé. De vieux amandiers pleins de mal et de croûtes, un cerisier crevé de blessures et qui perd sa gomme à longs fils roux, jusqu'à l'herbe, et puis un fouillis de figuiers sauvages, avec plus d'oiseaux que de figues, et toujours pleins de batailles.

Tout ça c'est bien ressemblant à ces Chabrand, bien parleurs, siffleurs, chanteurs, regardeurs de beaux regards, si peu attentifs aux sous et aux billets et tant attentifs à la bonne manière.

— Mais oui, ma fille, dit la maman, va au pétrin toi-même, regarde dans le fond à gauche, pousse le son, fouille. Non? Alors, regarde à droite. Bon, tu vois?

Chaque fois que la maman Fine dit : « ma fille », Madeleine en a chaud dans la gorge, comme d'une eau-de-vie. Les pains sont là, sous un terreau de son, blancs et tendrets.

— Assez de trois? demande la maman.

— Oh! oui, juste pour aller à demain. On ne vous prive pas?

— Ne te gêne pas, ma fille!

Madeleine a pris les pains dans ses bras. Elle les tient comme on tient les petits enfants. C'est bon ce « ma fille » qui vient de la maman d'Olivier. Et là, contre son sein, ce pain dur et lourd, et cette odeur de son, de paille, de mie épaisse, l'odeur d'Olivier quand il foulait à l'aire, debout au milieu des mulets tourneurs.

— Vous avez des nouvelles? demande Madeleine.

— On a reçu, ça fait quatre jours, mais la lettre a

144

l'air bien ancienne. Il ne dit rien, qu'on ne s'inquiète pas... Mais, on s'inquiète!

Comme Olivier ressemble à sa mère! C'est lui, ce visage c'est lui! Voilà ses bons yeux tremblants, comme la petite flamme bleue d'une lampe; cette ficelle rouge des lèvres, ce nez, ces globes de joues. C'est lui! C'est son visage, baigné dans ce visage de femme comme dans du lait.

— Si vous aviez besoin de moi, dit Madeleine, besoin de jour, de nuit, n'importe quand, faites à votre gré, sans vous gêner, Maman Fine, vous savez...

— Je sais, dit la maman avec un sourire à cette fille toute offerte là, devant elle, et qui dit : « faites »... Je sais, ma fille!

Alors en revenant avec ses pains sur les bras, et ça fait comme un gros poupon qu'on porte et qui glisse dans ses langes, Madeleine a vu, sur le banc de la cour, une ceinture de laine rouge. Elle la connaît bien. C'est celle d'Olivier. Elle quitte vite les pains dans l'herbe. Elle regarde. Personne... Elle cache vite la ceinture sous son tablier, ramasse les pains et court sur la pente.

Julia a regardé partir la voiture. La truie, garrottée et bâillonnée à pleine gueule avec un morceau de bois, laisse pendre sa tête et la roue lui râpe les oreilles. La voiture a pris le tournant de la route.

Julia allait repartir aux champs, quand elle a vu l'apprenti qui retournait en courant.

— Elle s'est détachée? a demandé Julia.

— Non, le patron a oublié son foulard.

On est allé à l'étable. Le foulard est à cheval sur la haute poutre de la mangeoire. Julia regarde l'apprenti.

Elle se met les mains aux hanches.

— Saute! elle lui dit en riant.

Le jeune garçon saute et touche le foulard, mais juste du bout des ongles.

— On dirait une marmotte, se moque Julia.

— Et vous, qu'est-ce qu'on dirait? fait l'apprenti le regard en dessous.

Du haut de ses belles épaules nues, Julia rit et son œil noir est tout comme un charbon; comme ça, les mains aux hanches, ses seins bombent à sortir de la chemise.

— Oui, vous on dirait la truie.

Julia a lancé sa main et saisi le garçon par le bras; elle le secoue. Elle rit, le petit aussi.

— Répète-le.

— Je le répète.

— Je te lutte, dit Julia.

— Moi aussi, je te lutte, dit le garçon.

Il essaie d'enlacer la taille de Julia, comme pour la déraciner, mais elle plaque sa forte main à la culotte du garçon, elle le soulève et elle l'étend dans la paille. Il esquive. Il va se redresser. Elle se jette sur lui, elle l'écrase de son poids, elle le jette à plat dos.

— Là, elle dit, tu vois, lutteur de lait!

Elle est sur lui à la cavalière, jambe d'ici, jambe de là; elle le tient, elle lui fait sentir son poids. Elle est assise à chair nue sur le ventre du garçon.

Soudain elle se dresse, remonte la bretelle de sa chemise.

— Allez, lève-toi, elle dit rudement.

Elle est rouge d'un feu qui est sur ses joues et sur son front comme du mal.

Le petit reste à rire dans la paille.

— Lève-toi!

Il est venu à Julia une voix noire comme celle des colombes.

Et elle donne du pied dans les côtes du garçon, et l'œil de Julia est dur, et elle est saignante de honte, et elle a mis sa main ouverte sur l'échancrure de sa chemise.

Ils sont arrivés tous les trois ensemble à la porte : Jérôme qui revient du bourg, Madeleine qui revient des Gardettes, Julia qui revient de l'étable.

Jérôme a dit :

— Il n'y a pas de lettre.

Les deux femmes ont dit :

— Ah!

Elles ont chacune, pour leur propre compte, de grandes choses dans la tête.

Puis Julia au bout d'un temps et après un soupir a demandé :

— Et alors, qu'est-ce que ça veut dire tout ça?

Midi s'est serré.

Dans cette grande salle de ferme toute close sur son dedans, il y a de l'ombre fraîche comme dans un bassin de dessous terre. C'est le silence. Seule, une abeille danse dans le grand rayon plat qui passe au joint des volets.

A des moments, Julia s'arrête de manger, les mains à plat au bord de la table, les reins courbés, les bras pliés comme une qui va bondir vers quelque chose. Puis elle repart à s'emplir de nourriture, vite; mais son œil garde l'inquiétude. Elle se dresse qu'elle mâche encore la dernière bouchée.

Elle s'est harnachée de moisson, comme au matin : la large ceinture de cuir, la corne de bœuf, la faux.

— Pas la sieste? demande Madeleine.

— Non, dit Julia qui boucle la ceinture.

— Ça tape dur. Tu auras mal, dit Madeleine.

— Oui, répond Julia les dents serrées.

Elle a chargé la faux sur l'épaule et elle est partie sans plus rien dire.

La porte qu'elle a laissée ouverte reste ouverte sur l'après-midi comme sur un four.

Elle va dans le plein chaud du chemin sans ombre. Juste une petite ombre en dent de scie, sous la haie. La haie est morte avec tous ses oiseaux endormis. Le vent dort. Les amandiers ne bougent pas. Ils craquent. Le gros soleil a couché sur eux son corps épais.

Elle va, de rage, dans cette herbe qui se noue à son pas et qu'elle arrache à brusques secouées de souliers.

Elle a serré ses lèvres et planté son regard dans un morceau du ciel haut, au-dessus de l'horizon, un morceau libre et bleu, et dur comme de la pierre, et net comme de l'eau, sans un reflet de la terre. Elle va. Elle ne desserre pas les lèvres, elle ne baisse pas les yeux.

Alors, c'est tout, maintenant!...

Le foin, déjà! Cette odeur de foin à l'étable, cette odeur de fumier, cette odeur des bêtes qui travaillent, qui suent, qui vivent, cette odeur d'elle-même, l'odeur de sa peau, de ses cheveux; déjà tout ça sur elle à la travailler, à la pétrir, à la préparer comme une pâte qui attend le levain. Et puis les bruits, maintenant! Ces appels d'hommes là-bas, dans les fonds de champs! Ces vieux hommes! Et soudain, il semble que ce sont des jeunes.

Tout! Tout!...

Et plus de remèdes!

Pas même ce travail qui tue les nerfs. Pas même cette lourde fatigue videuse de tête. Quand elle est là cette fatigue, maintenant, quand on la sent peser dans le haut des cuisses. Ah! Dieu, comment se défendre?

Et qu'est-ce qu'on veut dominer? Et de quoi on peut être maître avec seulement de la chair de femme? On ne peut même pas renverser un garçon dans la paille sans perdre le sens.

Pas même ce soleil là!

Ah! Mets ton pied là sur mon cou, écrase-moi, pèse

sur mon cou avec ton pied, que tout ce qui est dans mon corps ne monte plus dans ma tête.

Les flancs de Julia ont un souple roulement dans la marche. Cette rondeur qui est le milieu d'elle coule comme une vague de la mer. Elle n'y peut plus faire descendre la dureté de son regard, et de sa lèvre, et de sa tête, et de son cœur; c'est doux, c'est mûr comme la pêche qui tremble sous une abeille.

Elle arrivait devant le champ. Et voilà qu'elle avait encore là, entre les jambes, la chaleur et le mouvement du garçon qu'elle a renversé dans la paille. Elle s'est jetée au blé à plein corps, à pleins bras, de toutes ses forces, de toute sa rage.

— Han! Han! elle crie en faisant voler les andains à côté d'elle.

Et voilà que le grand désir roule au milieu d'elle comme dans de l'huile.

Pas de remède!

C'est partout maintenant!

C'est devenu la chanson de toute sa chair: ce rythme de faucheuse, ce balancement dans le blé, cette corne qui bat son ventre, cette chaleur qui brûle sa nuque, ce craquement de l'herbe rousse qui se couche, le vol de la faux à l'aile unique...

Ce garçon! Ce corps chaud et plein de vie qui se tordait sous elle!

Ah! la vie, la vie!

Et le Gustave, qu'est-ce qu'il a dit à la truie?

Comment il fait ce Gustave pour avoir un regard chaud comme un soleil, depuis qu'il est veuf?

Joseph!

Il n'y a plus que ça: de ces petits garçons aux os de lait et qui gicleraient comme du fromage blanc si on les écrasait entre les mains. Ou bien ces vieux...

Quel âge il peut avoir Gustave? Quel pouvoir il peut cacher dans ce brillement des yeux, dans tous ces gros os, ce dos large comme une porte?...

Elle s'arrête. D'un revers de bras elle essuie ses cheveux et son front.

— Qu'est-ce que je vais devenir?

Elle passe sa main sur ses hanches.

Là-bas, sur la route, de l'autre côté du bois d'amandiers un cabriolet saute les ornières. Le cheval sonne de toutes ses clochettes.

Julia jette la faux. Elle a toujours son regard dur et ses lèvres serrées mais elle bondit vers la route, ce bond qui était tout bandé en elle depuis le temps. Elle n'appelle pas. Elle respire de son grand nez large ouvert. Elle commence à travers les herbes une longue course.

Là-bas, le cheval a pris le galop; le plateau hausse une vague de terre. La voiture descend de l'autre côté.

Julia se jette au versant d'un talus. Elle halète du souffle de sa peine et de sa fatigue. Tout le ciel est couché sur elle et sa tête sonne comme si on lui cornait les oreilles avec la grande trompe des montagnards.

Ce soir, Madeleine est allée se coucher la première. Elle était déjà dévêtue, Julia passait dans le couloir. Madeleine a vite caché quelque chose sous les draps.

Au bout d'un moment le lit a craqué dans la chambre de Julia. Elle se couchait. Puis le lit a craqué, puis encore, puis toute la paillasse a crié comme si quelqu'un s'y vautrait en y nageant des bras et des jambes.

Madeleine a couru pieds nus.

— Julia, elle a demandé à la porte, malade?

— Non, a dit Julia.

Madeleine est revenue à la chambre et elle a bien

150

fermé la porte. Elle a retiré ce qu'elle avait caché sous les draps. C'est la ceinture de laine rouge, la chose d'Olivier. Elle la regarde un long moment, elle la touche, elle la caresse. Elle relève sa chemise, elle s'enroule la ceinture autour du ventre à plusieurs tours.

Elle rit en silence tant c'est chaud, tant c'est doux, tant c'est Olivier.

TROISIÈME PARTIE

VERDUN

La forêt chantait dans la nuit à voix basse. La pluie passa, tripota les feuilles mortes et les flaques, puis se mit à rire à pleines dents avec une plaque de tôle.

— Ici, mon capitaine, dit l'homme, attention à la branche.

Il tâta le sol avec le pied ; ça sonna dur.

— C'est la route, il dit encore.

Le capitaine parlait là-bas dans les taillis. Il avait une voix de gros homme essoufflé.

— Viens, il disait... te reposeras. On a trouvé la route.

Il arriva. Celui-là qui le suivait trébuchait sur toutes les pierres et, sitôt là, il s'allongea dans l'herbe mouillée. Il dormait. Il ne bougeait pas. Il respirait seulement très profond, à pleine bouche ouverte, puis il rendait l'air avec un gémissement de petite bête perdue.

— Faut le laisser un moment, dit le capitaine. Pas fatigué, toi ?

— Si.

— Moi, dit le capitaine, j'ai envie d'une omelette, avec des œufs et puis de la bave tout autour. Ouf !

Il aspira l'air à travers toutes ses moustaches.

— Oui, dit l'autre, ça oui, et chaud!...

— De quelle section tu es? demanda le capitaine.

— La quatre.

Le capitaine respira deux ou trois coups bien profonds.

— Combien vous restez?

— Deux : moi et lui.

— Qui?

— Moi et celui-là qui dort, je sais pas qui c'est. L'adjudant, il a été tué juste à la relève, dans le trou des mitrailleurs. C'est là que j'ai sauté et que je suis tombé près de vous.

— Comment tu t'appelles?

— Olivier Chabrand.

La pluie criait là-bas au fond, dans les arbres.

— Alors, deux de la quatre, dit le capitaine : toi et lui; moi, trois. Douze de la un, ça fait quinze. Quatre à la trois, ça fait dix-neuf. Zéro à la deux, dix-neuf. Le cycliste, s'il a pu passer au tunnel juste après nous, ça ferait vingt. Il faut partir, je dors, moi aussi.

Olivier secoua celui-là dans l'herbe.

— Oui, quoi?

— On part.

On entendait venir le trot d'un cheval.

— Ho! cria le capitaine. Puis : « Cap'taine Viron, du quinze neuf. »

Le cavalier s'approcha au pas. Ça devait être un artilleur.

— Si vous filez tout droit, il dit, c'est à Verdun que vous allez par les casernes. Pour Belrupt, prenez à main gauche en sortant du bois. Maintenant pour une omelette, juste sur la route, après les batteries de cent cinquante, il y a une maison, c'est des femmes. Mais, aux batteries, passez vite.

C'était un chemin de terre. Le capitaine marchait

devant, puis l'homme qui dormait en marchant, puis Olivier.

Parfois, l'homme pliait les genoux dans un trou et Olivier le retenait par la courroie des cartouchières.

— Tiens-toi!

Chaque fois qu'il touchait ce gros dos, il se demandait :

— Qui? Regotaz, Vernet, Poiron?

Mais il se souvenait :

— Non, pas Vernet, ni Poiron. Alors Regotaz? Qui?

On était descendu dans un val. On entendait un ruisseau. Le bruit de l'eau dans les joncs était doux à l'oreille et au cœur. Le sang se réveillait.

De temps en temps. Olivier passait sa main sur sa figure.

— Moi, il disait.

Il passait ses doigts tout écartés sur le relief de son visage, sur son nez, les petites billes des yeux, la bouche, le cou. Il se toucha les bras et le torse. Moi!

Il toucha son bras gauche. Au pli de son coude, dans la bourre de sa tunique, était collé, gros comme une noix d'une chose humide et molle. Il arracha ça et il le jeta dans la boue. Il toucha sa manche. Elle était toute poisseuse.

— Ça doit être la maison, dit le capitaine.

C'était, au bord de la route, une passe plus sombre que la nuit.

Il frappa dans la porte à coups de pied. Les coups bourdonnèrent là-bas dedans des casseroles et des chaudrons.

On bougea des chaises à l'étage, le volet s'ouvrit.

— Et alors? demanda une voix de femme.

— Cap'taine Viron du quinze neuf et deux hommes. On voudrait se reposer.

— Je vas et j'ouvre, dit la femme.

C'était une vieille femme en caraco de nuit; elle cachait la bougie derrière sa main.

— Entrez seulement, et vite, que ça se voit de par la porte.

Il faisait tiède là-dedans. Ça sentait l'air respiré, ça sentait la lessive et l'évier. Ça sentait le cheveu gris et la peau épaisse de la femme. Elle avait des mains de laveuse toutes plâtrées par l'eau.

Le capitaine ouvrit ses bras en croix.

— Ah! il soupira.

— C'est tout? demanda la femme en montrant les deux hommes.

— C'est tout, dit le capitaine. Puis : si tu avais des œufs?

— De sûr...

— Tu ferais une omelette.

— Oui, elle dit, quoique tard...

Elle avait posé la bougie sur la table. Olivier regarda le compagnon.

— Non, pas Regotaz.

La bougie tremblait...

L'autre avait de la boue sur le visage et de grands yeux troubles.

— La Poule!

— Dormir... dit La Poule.

L'omelette était toute grasse et épaisse au plein de cette large assiette jaune. Ça bavait sur la table. La vapeur étouffait la bougie. La Poule dormait étendu par terre de tout son long.

— Qu'est-ce que tu as là? demanda le capitaine.

Olivier regarda sa manche gauche.

— C'est du sang; tu es blessé?

— Non, dit Olivier, c'est là-bas, au tunnel, Marroi qui s'est vidé sur moi. La moitié de la tête.

— Enlève-moi ça!

Le capitaine se baissa pour renifler l'omelette à pleines moustaches.

— Mettez la boîte devant la bougie, dit la femme, des fois qu'on verrait la lumière par le joint des volets... Arrangez bien l'obscur en direction, mes hommes!

Le capitaine cligna de l'œil :

— T'as pas un peu de schnik?

— Du quetsche si tu veux.

— Apporte.

Elle apporta un cruchon de terre.

— Si tu bois tout, mon homme...

Elle était pieds nus; elle dansait lentement d'un pied sur l'autre pour le froid des dalles.

— Tu veux plus rien? Je vas à la couche, que ma fille a froid, toute seule; débrouille-toi.

Le dos contre la chaise, Olivier rota un rot puissant : il avait la bouche pleine d'une odeur de beurre et d'herbe cuite. Il se sentait maintenant lourd et solide au beau milieu de la vie. Le capitaine avait allongé ses jambes sous la table.

— Un peu de schnik? il dit.

— Non, j'aime mieux pas, dit Olivier.

Il goûtait de toute sa langue ce goût vert de l'herbe. Il s'emplissait la tête.

— Dormir! il dit.

— Chabrand! dit le capitaine, c'est beau d'être jeune, mon gars, tu connais pas ton bonheur. Dors, abruti!

Il souriait doucement en regardant Olivier qui ramassait sa capote; elle pesait du côté gauche et la manche était raide maintenant. Olivier s'allongea par terre contre La Poule, dos contre dos. Il sentait l'autre qui respirait là, contre lui.

— Regotaz! il pensait. Et les autres!...

Il repoussa doucement cette manche de capote raidie.

Il s'éveilla. Le capitaine était toujours à la table. La bougie avait baissé. La boîte, la bouteille, le cruchon, le dossier d'une chaise haussaient de grandes ombres tremblantes.

Le capitaine parlait. Il releva lourdement son bras droit qui pendait au long de lui. Il fit le geste machinal de saluer.

— Deux de la quatrième, et moi, trois, mon col'nel; vingt en tout. Toute la compagnie est là, mon col'nel.

De son bras lourd de fatigue et d'alcool, il montrait la chambre vide et les grandes ombres.

PRÈS DU VIEUX CHEVAL

Où se cacher, où se cacher? Elle court et tout est
contre elle; son pied ne connaît plus ni l'aire, ni le
pavé des cours, ni cet abord de la fontaine, ni ce bout
de pré, ni rien. Tout se met à la traverse; elle trébuche
sur les pierres et sa jupe s'enroule dans ses jambes.
Où se cacher?

Non, on ne peut pas supporter ce vieux Jérôme qui
pleure en regardant ses mains, tout ce visage de terre
avec ses grands sillons de vieillesse et des anciennes
douleurs, tout ce visage de terre avec ce lichen des
vieillards, et tout ça mouillé avec de grosses larmes
blanches. Ces lèvres qui tremblent, ce menton tombé
et qui ne peut plus remonter pour fermer en dedans et
la salive et les pleurs, et ce gémissement d'homme fini.
Et puis, si ça n'était que ça! Mais il est là et, en
pleurant, il regarde sa grosse main droite toute
déformée.

Non. Elle s'était cachée la tête dans son tablier et
elle pleurait là aussi, mais d'un coup ça n'a plus été
possible. Partir, non! se cacher, s'en aller dans quelque
coin, comme une bête, se rouler par terre, se faire petite
dans un trou de terre et rester là. Rester là entassée :
viande, larmes, douleur et tout...

Julia pousse la porte de l'étable. Le vieux cheval

tourne la tête. Ce n'est pas son heure d'herbage. Il regarde la femme.

— Pousse-toi, dit Julia.

Elle se glisse contre le cheval; elle va au fond, sous la mangeoire; elle se couche là, dans la paille, dans le chaud, dans l'humain de cette ombre, de cette odeur, de cette chaleur; il y a le petit cli-cli de la chaîne et le sabot qui tape doucement dans la paille; là, près du vieux cheval.

— Alors, comme ça, on a coupé le bras du Joseph! Le droit. C'est fait, ça n'est plus une chose à faire; c'est écrit dessus la lettre, que c'est fait... Le bras! La main et tout!

On lui a coupé le bras! C'est possible, ça? Comment on a fait ça! Pourquoi? Il a souffert!... Oh Joseph! Mon pauvre!... Et alors maintenant, de ce côté, tu n'as plus rien? Plus de bras?

Alors c'était ça ce long silence!

C'était ça, que de plus de trois semaines on n'avait pas de lettre. C'était ça qu'on l'avait comme effacé à la gomme encre : plus de Joseph! Perdu dans l'air du jour. Et de ce temps on coupait ce bras. Où? Au coude? Avec un bout qui reste, ou bien tout ras? Ah! mon pauvre!

— Oh! Bijou, dit Julia.

Le vieux cheval a baissé la tête jusqu'à elle et il est là à la renifler, à lui souffler dessus sa lourde haleine, par les deux jets de ses naseaux.

— Tu es heureux, toi!

Il a de bons gros yeux verts et roux d'avoir toujours regardé la terre et les arbres, tout au long de sa vie.

Il a les yeux pleins de choses douces et anciennes.

Elle a été heureuse aussi : cette salle de danse, là-bas au village, et que l'on décorait de buis et de branches de chêne tous les dimanches; et Jérémie descendait des collines avec son accordéon en bandoulière; le fils

Mercier sortait de son couloir avec son piston tout astiqué. C'était déjà, dès les une heure, plein de ces filles sur les bancs. Mais elle, elle s'en allait par le derrière des maisons, jusqu'à ce bout des pommiers d'où se voyait la route descendante. Et là-bas, c'était la robe bleue de Madeleine; elle arrivait rougeote du grand soleil, mais toujours avec ce bel air bleu qui est le reflet de ses yeux.

— Il vient, elle disait, il a mis son beau chapeau.

Alors on courait dans le verger, vers le bal. On avait juste le temps de s'asseoir avec les autres sur ce bout de banc près de la porte, et voilà que le Joseph paraissait dans cette porte à en boucher tout l'emplein, avec ses larges épaules, et son large chapeau tout noir, mais si bien relevé en plume de pigeon dessus le côté gauche de sa tête.

Le cheval frotte son front contre l'épaule de Julia.

— Oui Bijou, oui ma bête!

Ce Joseph, tout de suite, elle l'avait aimé de tout elle, sans rien garder, ni chair ni rien, prise d'un seul coup par son allure, ce balancement des épaules qu'il avait en marchant, sa solidité, sa santé qui coulait dans ses yeux roux.

Et Jérémie pressait dessus l'accordéon, et le fils Mercier disait « un, deux » puis il embouchait son piston. Alors, lui la prenait dans son grand bras.

— Ah! mon pauvre!... Ah! Joseph!...

Ce bras, ce bras qu'on a coupé! Mon bras, celui qui venait là autour de moi, si chaud, si dur, si bien solide dans la valse et tout! Cette main qui était sur moi!

C'est avec cette main que la première fois il m'a touchée, là, sur les joues, sur les yeux, sur la bouche. C'était dans la resserre à foin. La nuit de sept heures était là toute violette comme une prune dans le rond de la lucarne. Et ça sentait le foin écrasé parce qu'on y était assis à plein corps. Et lourds qu'on était de tout

163

ce bonheur, tout saoulés de cette joie en nid de fourmis et qui courait dans tout le corps jusqu'au bout des
doigts. C'est avec cette main qu'il m'a touchée la première fois. Elle est venue là, sur ma joue. Elle a touché
tout le rond de la joue. Elle est venue sur ma bouche
et sur mes yeux. C'est avec cette main qu'il m'a connue,
après...

— Joseph! Mon pauvre! Alors, maintenant tu vas
t'en aller tout de moitié dans la vie. Alors, maintenant
tu ne me toucheras plus de cette main, dis? Celle-là
que je sentais toute chaude, et toute dure, et bien bou-
geante comme une petite bête, et si bien apprise à tout
ce qui était moi! Alors, plus jamais, dis? Pourquoi,
dis? Je l'ai juste eue un peu à moi cette main. Alors, il
va falloir que tu t'apprennes à me toucher de l'autre
main?

Elle est assise dans la paille. Le vieux cheval a baissé
la tête et il sort un petit bout de langue, et il essaie de
lécher la joue de Julia. Il ne peut pas, la longe est trop
courte.

— Julia! appelle une voix d'homme.

C'est Jérôme.

— Oui, dit Julia.

Elle sort de la crèche.

— Je te cherchais, ma fille. J'avais peur. Je t'avais
vue partir en tournant comme une feuille. Fais-toi
raison.

Ils sont là tous les deux face à face. Ils ne disent plus
rien. Ils ont tous les deux de grands yeux ouverts qui
ruissellent.

— Ah! crie Jérôme à la fin en levant le bras, et pour
semer, et pour tout? Mon fils!...

UNE GRANDE ÉTOILE
TOMBA SUR LES EAUX...

Le capitaine ne sortait pas de sa chambre. Il logeait dans une maison des arbres. Derrière les vitres sales on le voyait là-bas dedans sans tunique, la chemise retroussée sur ses gros bras. Il restait là, bretelles lâches, assis contre sa table. Il ne mettait plus ni houseaux, ni souliers. La Poule lui avait acheté des pantoufles. Il ne boutonnait plus les jambes de ses culottes de cheval; le drap bâillait sur ses mollets couverts de poils comme d'une boue.

Une épaisse étendue de forêt douce serrait le campement de la sixième compagnie dans ses feuilles et ses bruits d'eaux, mais au fond de l'horizon de longs canons aboyaient sourdement en dressant le cou au milieu des arbres.

Le capitaine ouvrait sa fenêtre : il criait :

— Camembert!

De l'autre côté de la clairière, La Poule, assis au seuil de la grange, se dressait, fouillait dans sa musette, puis s'en venait à travers les buissons avec sa boîte à fromage.

D'autres fois, le capitaine sifflait. La Poule alors allait chercher la bicyclette, descendait la piste, puis filait vers le village à grands coups de pédales.

Ces fois-là, il ne rentrait pas de la nuit à la grange.

Olivier restait seul. On n'avait pas encore reçu le renfort. Il collait sa bougie sur sa boîte à masque. Il se couchait. La paille était autour de lui comme de la terre nivelée. Il essayait de faire du chaud et de l'oubli avec son sang. Il éteignait sa lumière.

Marroi, Doche, Regotaz, et le petit caporal aux joues de fille, et celui qui se faisait l'accroche-cœur sur le milieu du front : la paille tout autour était la litière des ombres.

Il entendait ronfler Marroi, et Doche qui parlait en dormant, et qui jetait ses bras comme des fléaux à blé.

Il s'éveillait : les murs de la grange grondaient frappés d'un gros poing de feutre; l'obusier de Belrupt tirait, le plâtras tombait du plafond.

Olivier tournait la tête. Il appuyait sa joue droite dans la paille.

On était aux temps aigres.

Le gel sournois serrait les buissons dans sa main. Les branches nues craquaient.

— Regotaz! disait doucement Olivier à voix basse.

Il le revoyait penché sur le petit bouleau tigré; il le revoyait qui touchait avec la bonne intention de ses doigts les blessures vertes de l'arbre. La libre forêt, désormais toute seule, gémissait sous le poids de la lune et du gel.

★

Une ombre parut au seuil de la porte.

— Tu es là, Chabrand, demanda La Poule?

— Oui, dit Olivier.

Il avait soufflé la bougie.

— Où?

— Couché. Avance doucement, je suis là.

La Poule s'accroupit près de lui.

— Je peux plus tenir le vieux, il dit. Tu devrais venir. Peut-être toi, avec ton calme...

A la maison des arbres, La Poule racla ses gros souliers au racloir.

— Entre premier, il dit.

Le feu de la cheminée éclairait. Le capitaine était debout au milieu de la chambre sur ses grosses jambes ouvertes. Il bougeait d'avant arrière, comme battu par le vent. Son ombre se balançait en face de lui.

— Tu répondras, charogne! disait le capitaine.

Il le criait à son ombre. Elle se reculait, puis elle sautait vers lui, comme une bête qui mange dans une autre bête vivante. Il se retenait en faisant claquer sa grosse main sur le coin de la table.

— Charogne!

— Mon capitaine, dit Olivier de sa petite voix.

Il vira lentement son corps de sanglier. Il fit glisser son regard par-dessus son épaule.

— Ah! tu es là, toi, petit gars?

Il se tourna en plein. Il fit deux pas vers Olivier, deux pas tremblants, tout solitaire, sans l'aide de la table ni de l'armoire. Il redressa sa grande taille.

— Le gars Chabrand, il dit, donne ta main, mets ta main là-dedans, petit gars.

Il tendit son énorme patte velue large ouverte comme écartelée par les gros nerfs excités. Olivier mit sa main là-dedans.

— Petit gars, petit gars! dit le capitaine, regarde-moi, garçon, j'aime quand tu me regardes. Fais voir tes yeux. Tu sais dormir, toi, Chabrand. Dors, andouille! tu as des yeux comme les moutons. Regarde-moi. Dis-moi, petit gars : qu'est-ce qu'on peut en faire de ce qui nous reste? Qu'est-ce qu'on a le temps d'en faire quand on dort pas?

Il avait des sursauts pour regarder derrière son dos cette charogne d'ombre.

— De la vie qui nous reste, Chabrand, toi qui dors, je te donne l'ordre...

— Mon capitaine, dit Olivier, il faut vous coucher.

Il le tira comme ça par la main jusqu'au lit de fer.

— Asseyez-vous.

Le capitaine s'assit sur le lit. Olivier lui enleva les pantoufles. Le capitaine déboucla sa culotte, il leva les jambes une après l'autre et Olivier tira les culottes puis il poussa doucement le capitaine sur le lit.

La Poule entra sur une glissade de ses pieds mous. Il s'était déchaussé. Il s'en alla en bombant l'échine jusqu'à l'ombre. Il ouvrit doucement le placard aux bouteilles.

— Petit gars, disait le capitaine, tourne-toi, fais voir le blanc de ton œil. Fais voir ta figure entière. Fais voir tes joues avec de la viande sur l'os. On ne voit le sang qu'à travers ta peau. C'est beau le sang à travers la peau. Le sang, à sa place. Je l'entends au bout de ton bras. Fais-toi voir, vivant!

Il le regardait fixement. Sa forte main était crispée sur le poignet d'Olivier.

— Tous pareils, il dit doucement. On en a plus que comme du sel entre les doigts.

Il essaya de se redresser.

— Mais, de ce qui nous reste qu'est-ce qu'on a le droit d'en faire? Le droit, tu comprends, petit gars, le droit? De ce qui nous reste de vie...

La Poule là-bas siffla, puis il fit signe vers la porte.

— Attends, dit Olivier du bout des lèvres.

— Le droit? demanda Olivier.

Le capitaine s'endormait. Il avait sur son lit des gestes comme pour se débarrasser de chaînes.

— Oui, le droit, il souffla.

Sa bouche resta ouverte sur le mot. Son bras retomba. Déjà il ronflait.

— Il faut couvrir le feu, dit Olivier.

Ils sortirent sur la pointe des pieds.

— Qu'est-ce qu'il nous veut avec son droit? demanda La Poule une fois dehors.

Olivier ne répondit pas. Il avait toute sa nuit devant lui avec la grange déserte, et Regotaz et les autres, sanglants et sans regards, couchés sous le niveau de la paille et le beau bruit de velours de tous les arbres et de toutes les étoiles, et le gel qui vernissait la clairière d'herbe.

La Poule tira une bouteille de dessous sa capote.

— Du Saint-James! J'ai reconnu rien qu'à la paille. Donne ton quart.

Le renfort arriva. Le caporal avait un carnet neuf avec une page de papier et une page de buvard, et puis un crayon bien taillé en cône au taille-crayon.

— Comment on t'appelle? il demanda à Olivier Et toi, il dit à La Poule. Vous êtes de l'escouade.

Le jeune sous-lieutenant portait des leggins passés au moule avec de beaux faux-mollets bien arrondis.

Il demandait :

— Le capitaine. Indiquez-moi où loge le capitaine?

Il jouait à balancer de l'index un sifflet d'argent au bout d'un cordon de soie.

Ils marchaient sur la litière de paille bien plate. Ils s'installaient sur la place de Doche, de Marroi. Ils écrasaient les ombres avec leurs beaux souliers tout neufs et tout craquants. Ils s'appelaient :

— Jolivet!

— Muchère!

— Bel-œuf!

— L'Individu!

Ils avaient des capotes neuves et des cuirs neufs, et des cartouchières toutes plates, comme trois petites pancartes de cuir autour du ventre. Leurs sacs, jetés à terre à moitié défaits, grouillaient de courroies luisantes. Leur drap était d'un beau bleu de ciel avec de la bourre qui frissonnait. Ils avaient les visages pétris avec des choses paisibles de la vie. C'était tout écrit, tout marqué dans leurs yeux, et sur leur chair, et dans le pli de la bouche, et dans le poil de la barbe, et sur le fil de la moustache qu'ils lissaient avec le crochet de leurs doigts. On y voyait tout, tout ce qui était là-bas derrière les collines, toute l'humidité, toute la santé, toute la force de la vie : la bonne grosse sœur aînée qui va chercher le lard à la resserre avec ses doigts en boudins, la mère qui repousse ses cheveux gris derrière l'oreille, la petite fille dans son tablier d'écolière et qui chante : « Tire lo, lo, lo »; l'épouse couchée à plat dans le lit, comme une source d'eau claire dans l'herbe.

Ils avaient ça sur leurs visages et c'était amer de la grosse amertume. Ils avaient des fusils neufs et on entendait ronfler, derrière eux, des camions de cartouches.

...ET LA SOURCE DES EAUX
DEVINT AMÈRE

Le vent saute les Alpes en hurlant. Il reste un moment tout étonné devant le moutonnement des collines et, là-bas, la ligne plate et verte de la terre. Il ronfle un moment tout dressé dans le ciel, puis il s'élance.

A chaque coup, la ferme se serre dans sa carapace de pierres et de tuiles. Dans la grange, des faucilles se décrochent et tombent. Les amandiers gémissent d'un faible cri qui vient de dessous terre; les racines des pins grondent en mordant le rocher. Sur la route une femme, à grands coups de bras, se défend de ses jupes comme des sauts d'une bête; un homme, courbé en deux, pousse sa marche contre le vent en tendant ses cuisses.

Un chien de chasse s'est avancé jusqu'à la lisière des prés. Il a planté son museau dans le vent. Il renifle, il ferme les yeux, il couche ses oreilles, il secoue sa tête. Il est ruisselant de l'odeur de tous les animaux de toutes les collines. Ce vent, c'est sur lui des parfums de sang et de sève. Tout ça grouille contre son museau : sangliers, hases de lait, perdreaux, cailles, grosses couleuvres, lézards, fenouils, hysopes, ruchers d'abeilles, sauterelles; tout ça coule contre son flanc, toute la vie éclabousse son nez comme de l'écume de ruisseau.

Olivier est assis au banc de pierre, sur le front des Gardettes, devant la maison. Il est là, en face du vent; il a planté dans le vent son visage maigre et déjà en terre. Ébloui, il renifle de longs morceaux d'air.

Deux fois la mère est venue le voir; elle a passé la main sur la tête de son fils; elle a dit... on ne sait pas au juste ce qu'elle a dit et même on ne sait pas si elle a dit juste ce qu'elle voulait dire, parce qu'elle buvait elle aussi le vent de vie et elle regardait les joues de terre sur le visage de son fils. Elle a dit :

— Pas froid?

— Non, a répondu Olivier.

Depuis trois jours qu'il est là, il n'a que le désir de plonger sa tête dans la vie comme dans une auge et d'y manger à grandes gueulées.

Hier il a guetté, près du rouleau à blé, un lézardet, à peine déroulé de l'œuf, et déjà tout vert, avec de petites gouttes d'eau luisantes au bout de toutes ses écailles; la bête se gavait de soleil. Il a cherché des violettes dessous l'herbe, au fond, là où c'est chaud et noir. Et puis dans ce noir, il y a le noir illuminé de la fleur.

Vite le vent, vite le soleil, vite cette grande masse des feuillages qui luit et se renverse comme un baquet d'eau grise. Vite ce goût de thym qui, sitôt à la narine est monté se planter dans la cervelle comme une flèche. Vite ce grand ciel pur. Le vent a arraché les feuilles et les lance dans l'avoine.

Olivier est dans la vie, haleine perdue, souffle écrasé; des odeurs ruissellent au milieu de sa chair dans leurs anciennes traces, des bruits retrouvent leur chemin et descendent vers son cœur. Vite la vie!

Il l'arrache à pleines dents, à l'épaisseur du jour, et il la mâche en baissant la tête, comme du foin volé.

— Papé...

Il est venu près du papé qui tressait à l'osier neuf un fond de corbeille à vendange.

— Papé, il y a des gendarmes en bas...

— C'est pour un de Bras, dit le papé.

Il finit ce nœud d'osier qu'il a commencé.

— Un de Bras qui a fait banque. Il est venu à sa permission. Il est resté tout son temps à regarder. Il a joué à la marelle avec les petits des écoles. Il a pris son fusil de chasse. Il a dit : « Là, je sais pourquoi! » et il est parti dans les Hubacs. Il a déserté.

Olivier mâche le bout d'un figeon de figuier : une passion de son jeune âge. Elle est revenue. Il a retrouvé l'ancien geste de ses petites mains, il a mâché la tige laiteuse et, tout d'un coup, la vie lui a paru large. Il oublie; il serre dans ses dents ce morceau de bois vivant, jeune, gonflé de lait et il suce la sève amère.

★

— Tu as déjà fait la vaisselle? demande Julia.

— Oui.

Madeleine rougit et elle se met à chercher dans la corbeille à ouvrage.

— Et la soupe aux cochons?

Madeleine relève la tête. Son visage est tout rouge avec le sang à pleines joues et, au milieu de ce rouge, son regard est tout doux.

Le grand ménage de la ferme est déjà fait. C'est propre, astiqué et lavé. On a passé la peau humide sur les dalles. Les chaises sont rangées contre le mur. La table est nette comme une pierre.

— Tu es bien en avance, dit Julia.

Elle s'en va sur la vague de ses hanches rondes. En tirant la porte elle regarde du côté de Madeleine. Madeleine cherche dans la corbeille à ouvrage.

Dans la chambre de Julia l'épais volet fermé à bloc retient l'ombre. On entend les abeilles du dehors qui bourdonnent contre le joint des planches. Le vent frappe les murs du plat de la main.

Elle est là debout dans l'ombre, dans la fraîcheur, dans l'odeur des raisins et des abricots qui sèchent sur les éclisses de cannes.

Toujours seule, alors! Seule avec ces fruits doux et ces bruits. Seule avec la vie. Elle en a les lèvres brûlées. Elle passe sa belle langue sur ses lèvres. Avant il y avait aussi cette révolte du sang. Mais le Joseph était là avec ses bras nus, sa poitrine fourrée comme un dos de bélier. La terre tout autour gardait la marque de ses pas et de tous les clous de ses souliers.

En bas, une porte crie doucement. Julia va pousser le volet et regarde. C'est Madeleine. Elle sort, comme hier, à la même heure, bousculée de vent, avec son visage extasié.

La terre commande.

★

— Comme un Jésus de plâtre. Il est comme un Jésus de plâtre. Olivier, Olivier!

Madeleine court dans les vignes.

Le ciel solitaire et tout nu pèse de son bord tranchant sur l'horizon des collines. Rien sur le plateau que le vent. Les arbres sautent autour de leurs ombres comme des chèvres attachées.

A la couleur du jour elle sait qu'il est déjà là-bas à l'attendre, à l'espérer de tout son corps d'homme, sur cette pente des genêts, dans les lits d'herbe de la terre.

Ah! elle en a le souffle coupé, et de ce vent, et de ce désir, et de ce besoin d'obéir à la grande obéissance.

Le premier jour qu'il était là, c'était six heures d'automne, avec ce grand soir de sang du commencement de vent, et il a sifflé.

174

Il a sifflé et elle est partie vers lui à pleine course, avec le torchon à essuyer les verres à la main.

— Olivier, mon bel amour! depuis le temps! depuis le temps que je suis là à mourir toute seule en pensant à toi!

Il l'avait serrée dans ses bras. Il ronronnait doucement.

Il est comme un Jésus de plâtre...

Ah! ce qu'il a fallu donner!

Non, elle a tout donné de bon vouloir et de plein consentement, avec la belle joie de donner tout ce qu'on a à ce qu'on aime... Obéir! mais ne plus jamais revoir ce qu'il a fallu voir à ce premier rendez-vous : cet Olivier tout frémissant comme un cheval battu, cet Olivier plein de faim et de soif; cet homme tout défait à force de mort et de bataille.

Elle était le pain. Elle a dit : « Mange-moi! » Elle est venue d'elle-même sous la dent, avec sa lèvre toute chaude et son corps ouvert. Elle est le pain avec la mie et la croûte, le léger et le lourd. Se mêler à lui, se joindre à lui par tout son corps, l'apaiser, le nourrir, le faire têter à sa chair de femme neuve; lui donner son lait de paix et de joie; se donner, puisqu'elle est le pain de cette grande faim d'homme et de malheur.

Quand elle y pense dans le jour elle en a le feu dans le visage. Mais la couleur de l'heure et du moment est venue. Il attend. Il est là-bas dans le lit d'herbe. Il attend qu'elle vienne s'allonger contre lui.

Hier, elle est allée voir la maman.

— Les premières nuits, a dit la maman, il sautait dans son lit comme un diablon; je me suis levée pour le recouvrir et lui parler. Il n'entendait pas; il soufflait dans ses dents serrées; il avait des ronds de coudes qui m'ont fait presque sauter la lampe des doigts. Maintenant, il est docile au sommeil comme un petit saint : pas plus de bruit qu'un Jésus de plâtre.

Madeleine court dans les vignes sans regarder derrière elle et elle tape avec le plat des mains sur ses jupes qui ballonnent.

*

— J'ai trop de sang, dit Julia.

Et, avec cette raison dans la tête, elle se force au gros travail, et après, elle cherche encore à se faire du mal dans la chair par toujours plus de fatigue. Aujourd'hui, elle a vendangé tout le jour au plein du vent à en avoir la cervelle perdue; elle tremble sur ses jambes, là, dans la cuisine.

— De ce vent, elle dit, j'en suis saoule comme un matelot.

Elle commençait à sourire, mais, tout d'un coup, elle a senti ce sang qui, quand même se tortille dans elle, comme un serpent prisonnier; elle a dit :

— J'ai oublié mon couteau-serpe.

Et elle est partie sur le plateau en enjambant beaucoup de terre à chaque pas.

Elle a traversé l'amanderaie, elle a descendu la pente, elle a contourné le coteau d'En-chau.

Le soir vient; elle s'est trouvée dans l'Ubac froid. Elle a marché dans cette bauge de sanglier et, tout d'un coup, la chose s'est levée presque de dessous ses pieds, et ça a fait un grand bond noir de bête.

Ça s'arrête, ça se tourne. C'est un homme tout ramassé sur lui comme un mauvais chien et un air de vouloir tout arracher à coups de dents.

Il dresse son fusil. Il a vite fait un petit tâton autour de la culasse, puis il s'est souvenu que ça n'est pas un fusil de guerre et il a mis le doigt à la gâchette.

A ce moment, il a dû voir que c'était tout juste une femme seule devant lui. Il est resté immobile à la regarder. Sa grande main gauche soutient le ventre du fusil.

Et elle a vu l'homme. Elle a été d'un coup toute vide et toute faible. Elle a regardé l'herbe : l'herbe est toujours verte.

— Celui de Bras, elle s'est dit.

Il a fait un pas vers elle. On ne sait plus qui c'est, tant il a du poil partout, et puis, même dessous le poil, même dans l'œil, on ne peut plus reconnaître.

— Qui c'est? Je les connais tous... Qui?... Fauque? Clodomir?

— C'est toi, Julia? dit l'homme.

— C'est moi, elle dit. Et toi, qui tu es?

— Toine, dit l'homme.

— Toine? Jésus-Dieu! c'est toi?

Celui-là qui faisait la valse les yeux fermés, à l'envers et à l'endroit; ses pieds tournaient dans pas plus gros de rond qu'une assiette; celui-là si doux qu'on l'appelait Toinette.

— C'est moi, dit l'homme, et il a baissé son fusil.

Il a fait encore un pas, et, pour le faire, il a eu la souplesse et le glissement musculeux des bêtes.

— Tu as vu les gendarmes?

— N'aie pas peur, ils sont là-bas devers Rousset; je les ai vus.

Elle regarde ce visage. Il y a là-dessus maintenant, en éclair, des images d'avant qui passent : le bal dans les guirlandes de feuilles, la marchande de gaufres, l'accordéon, ce pied du musicien qui battait toujours la planche. Mais il y a dans ce regard des choses neuves, de la faim et de la soif et de l'appétit de l'homme.

— Toinette! se dit Julia.

Des choses dures et sans pitié.

— Si tu as besoin, elle dit : du pain, du sel, du vin?

— Non.

Elle a fait un pas en arrière.

— Si tu as besoin...

Elle ne sait pas, il a peut-être sauté ou bien il a roulé sur elle comme une grosse pierre, ou bien... elle ne sait pas. Elle a senti une force de bras autour de sa taille, un gonflement chaud qui écrasait ses seins. Elle était ployée en arrière dans un déluge de vent, d'arbre, d'homme. Elle en avait assez. C'est elle la première qui a mordu les lèvres de Toine et gémi le gémissement d'accueil.

★

Aux Buissonnades on a vendangé tout le jour. C'est terminé pour cette vigne du bas plateau. On a chargé les paniers sur la charrette, puis Félicie s'est assise au siège de planche, elle a placé le petit Paul entre ses jambes et on est parti dans les mauvais chemins.

Le prisonnier mène le cheval par le mors.

Le cheval est énervé par cette pleine journée de vent. Il ne sait plus reconnaître les ombres. Il saute à chaque fois entre les brancards comme si on le brûlait. Heureusement il y a une main d'homme. Elle tient ferme. L'homme a un petit calot rond, juste sur la tête et une veste verte, et, sur son dos, deux grandes lettres marquées à la couleur blanche : un P et un G. Félicie regarde ce poignet d'homme qui tient la bride. C'est solide et ça sait.

Le maire avait dit :

— Toi, tu es veuve de guerre, tu as droit à un prisonnier.

Quand la charrette danse trop comme un bateau, le prisonnier tourne la tête et il regarde la maîtresse. Il a un petit sourire qui demande.

— Oui, ça va, répond Félicie.

Le petit Paul est tout empoissé de jus de raisin. Il

défait les grappes dans le creux de sa main et il met toute la poignée à la fois dans sa bouche. Si la charrette saute il s'écrase les grains sur la joue. Alors il tire la langue et il lèche le jus.

On est arrivé aux Buissonnades à la nuit. On a rentré les corbeilles de raisins. Il est trop tard pour cuisiner. On a fait trois parts d'un fromage de chèvre et, assis sur le banc de pierre devant la maison, on a mangé sans parler. Félicie, le corps penché, les bras appuyés tout le long de ses cuisses, mange avec seulement le mouvement de poignet pour rompre le quignon et porter le pain à la bouche.

Après, le petit s'est dégourdi les jambes; il est venu près de l'homme et ils se sont amusés tous les deux.

— Je te chatouille, dit Paul.

L'homme fait semblant d'avoir peur.

— Houla, houla!

Puis il attrape le bras du petit et il le chatouille pour de bon, à pleins doigts.

Il fait belle nuit. Le vent vient de tomber tout d'un coup. Le ciel est tout gris d'étoiles.

Félicie se dresse :

— Dis bonsoir, Paul.

— Bonsoir, a fait le petit.

— Bonsoir, a fait Félicie.

L'homme se dresse. On entend ses talons qui claquent dans l'herbe.

Dans la cuisine, Félicie allume la bougie. Elle va, elle vient là-bas dans la lumière. On voit son visage et ses cheveux, on voit un coin de la cuisine : une casserole pendue, la cafetière sur la cheminée, un morceau de buis bénit contre le mur.

L'homme soupire un long soupir triste.

Il a fait le tour de la ferme. Le cheval est bien attaché. On a donné tout ce qu'il faut aux chèvres. Les poules sont toutes dedans. Ça ne sent pas le brûlé. Ça va, ça va bien. Le prisonnier se couche dans la paille. Il reste encore un petit moment aux aguets pour être sûr que tout est bien dans sa place, que rien ne risque.

★

Quand elle a compris qu'on ne pouvait pas la voir, Julia est allée au placard et elle s'est versé un peu d'huile dans le creux de la main.

Elle a dit :

— Bonsoir.

Et elle est partie dans les escaliers. Elle portait son huile contre elle. Elle faisait attention pour ne pas en renverser.

Arrivée à sa chambre elle a écouté, puis elle a ouvert sa porte et elle a huilé les gonds des deux côtés.

Elle trempe son doigt dans le creux de sa main. Elle passe son doigt sur les gonds en appuyant à pleine chair pour bien faire entrer l'huile dans les joints. A la fin, elle a fait aller et venir la porte dans l'ombre : ça ne s'entend pas plus qu'un pas de chat.

SANTERRE

— Il nous aura comme il voudra, dit Jolivet.

La Poule s'arrêta de cracher dans les flaques de la pluie. Il avait craché loin, là-bas sur la route; il ne pouvait pas, même en se forçant, cracher plus loin. Il se tourna vers l'intérieur de la grange.

— Qui? il demanda, qui nous aura?

Il y avait déjà des jours, des jours et des jours qu'ils étaient dans ce Santerre ondulé comme une mer. Ils étaient dans ce vaste milieu, tout à fait comme au plein large d'une eau. Ça avait tout effacé : la peine de Verdun, la mort des anciens camarades et ce goût de Madeleine marqué dans un petit mouchoir avec deux gouttes d'essence de lavande.

— Le curé, dit Jolivet, le curé du colon. Mon vieux, au point où nous en sommes, je te le dis, le bon Dieu n'a plus besoin de faire l'aimable. Il peut venir comme il voudra, il peut se faire voir tel qu'il est, il est sûr de nous avoir quand même.

Cette épave de village flottait sur les longues vagues de la terre. Dès le soir on éteignait tout. Il y avait alors, dans les granges, cette lourde odeur d'homme; heureusement.

A la longueur de jour, un ciel de farine dormait par là-dessus, étouffant tout dans son épaisseur. Les paroles ne bondissaient pas mais coulaient sans force hors des bouches, comme de la salive.

Les fourgons qui passaient sur les pistes, on les voyait, on ne les entendait pas. On les voyait passer à la crête des coteaux nus; les chevaux relevaient des pieds de fumée, les camions glissaient dans les ondulations de la terre comme des débris d'écorce sur des vagues d'eau. Les bruits n'osaient pas s'en aller, ils restaient à côté des hommes, des bêtes, du bois des roues; ils n'osaient pas partir dans ce ciel.

La Poule ramassa un beau crachat entre ses joues et il essaya de l'envoyer plus loin, là-bas sur la route.

Le village était tout en silence. Une avancée de froid aigrissait le fond de l'air. On allumait des feux de planches dans les cours. Ça ne flambait pas. Sans flamme et presque sans chaleur, le bois semblait se peindre d'une couleur rouge, puis il s'émiettait et tombait en cendre morte. On venait se mettre autour de lui, on tendait les mains et les genoux, on se joignait autour de lui comme des briques de cheminée. Alors, il avait l'air d'un peu se rassurer; des fois il faisait une petite flamme.

On s'inquiétait aussi d'une vaste odeur; elle arrivait avec une force terrible. On l'avait aussitôt dans la tête comme une bouchée de mauvaise viande. Puis elle s'en allait et on reniflait avec plaisir le goût de farine aigre du ciel.

Parfois cette rue pleine de boue et de pluie parlait un grand mot sombre et sourd. C'était d'un mouvement de l'air qu'on n'aurait même pas senti sur la main mouillée. Ça venait de la grange malade. Il était défendu d'y entrer. Au milieu de la large porte ouverte on avait

182

planté un piquet et cloué dessus un écriteau avec le mot
« Morve » écrit au charbon de bois. Là-bas derrière luisait la carcasse de bois toute pertuisée, son sol nu où
pourrissaient des lambeaux de murs.

Ceux d'avant avaient abandonné un parc à chevaux au flanc d'une espèce de longue dune rousse.
C'était un grand rectangle d'abris ouverts faits avec
des troncs d'arbres écorcés. Il y avait encore là-haut
une dizaine de chevaux et deux hommes. Les chevaux
étaient tous séparés dans le parc : un ici, un plus loin,
un là-bas, ainsi de suite tout autour. Les deux hommes
étaient séparés aussi. Ils ne descendaient jamais au
village. On les voyait aller, venir; quand ils s'appro-
chaient de trop près, un s'arrêtait, l'autre faisait un
grand détour autour de lui et s'en allait à son affaire.
Ils avaient de gros gants blancs. Des fois ils rabattaient
sur leur tête des capuchons blancs avec des trous pour
les yeux. Ils soulevaient des bonbonnes de verre, ils
vidaient des liquides dans des baquets; ils brassaient
cette soupe avec des bâtons, puis ils allaient la verser
à pleins seaux sur la croupe des chevaux. Une lente
odeur d'éther et de phénol coulait de la dune. La nuit
tombait. Alors les chevaux s'appelaient. Ils sentaient
venir la nuit quand elle était encore là-bas, enfoncée
dans l'est gris. Ils avaient une petite voix tremblante,
toute boueuse, pleine d'efforts de nerfs et de poitrine,
et comme sortie de la peine de leur sang. Malgré tout
ça, elle était légère comme une plainte d'oiseau, elle
s'en allait dans la nuit d'un cheval à l'autre et ils se
disaient ce qu'ils avaient à se dire.

Pendant le jour ils restaient le nez contre les planches.
Un qui était blanc et qu'on voyait de loin, marchait
sur place sans arrêt et sans lassitude. Il mourut le premier. Les deux hommes creusèrent la fosse, toujours
séparés, chacun piochant d'un bout.

— Ta gueule! dit La Poule, au bout de sa réflexion,

on a bien assez d'emmerdements comme ça! Pas la peine d'être toujours là à se le dire.

On commença à se méfier des granges vides à cause de cette histoire de la deuxième section.

Reyne rentra de permission. Il arriva en pleine nuit, sur le coup du petit matin. Il avait traversé à pied toute cette longue terre ondulée, depuis le train jusqu'au village. Il était saoul de fatigue, de nuit et d'eau-de-vie. Il s'abrita dans la grange.

Deux jours après, il était là au milieu des autres avec de grands yeux étonnés qui semblaient chercher le pourquoi de la chose au fond du ciel gris. Il monta ses lourdes mains jusqu'à son col de chemise et, lentement, il déchira tout pour dégager son cou. Il restait là, tout étonné, la bouche ouverte; il ne pouvait déjà plus parler.

On le donna à deux infirmiers, on le ficela de ronds de corde depuis les épaules jusqu'aux pieds, parce qu'il se débattait.

— Quand on est comme ça on sent plus ses forces, disait La Poule.

On le chargea sur une poussette et tout ça s'en alla à travers les terres. De ces deux infirmiers un était bien connu, il jouait de la petite flûte et puis, en se pinçant le nez, il imitait le violon et il jouait comme ça des morceaux de la *Tosca*.

Il revint le soir avec l'autre infirmier. On leur demanda :

— Et alors?

— Alors voilà, ils dirent.

Le lendemain, celui de la petite flûte s'en alla, tout seul, du côté de cette longue dune aux chevaux... Dans le courant du jour, le capitaine demanda à La Poule :

— Tu n'as pas vu mon revolver? Il était pendu là.

184

— Moi? Non, dit La Poule.

Le cycliste ne suivait pas la piste où on avait de la boue jusqu'aux genoux, il passait à travers les champs, là où l'herbe faisait élastique.

— J'ai trouvé un homme mort, il dit en arrivant.

C'était l'infirmier. Il s'était tiré une balle dans la tête : il était couché sur son bras droit, la figure cachée dans le pli du coude. Le revolver était plein de sang.

Le capitaine vint. Il essuya le revolver avec son mouchoir. Le soir, il le fit démonter à La Poule et graissert.

— Mets de la graisse dans la rainure, il dit, c'est toujours là que ça coince.

Il essaya l'arme à vide. Le barillet tournait, le chien claquait; ça allait. Il remit le revolver à l'étui et il pendit l'étui à la tête de son lit.

*

Le cycliste arriva encore une fois avec des nouvelles. Il mit pied à terre.

— On monte en ligne, il dit...

Dans la journée, les agents de liaison partirent pour reconnaître les emplacements. On leur donna un repas froid et un bidon de vin. Les lignes étaient loin du village. Ils ne prirent pas d'armes mais seulement leur bâton de marcheur.

Ils étaient de retour à l'aube suivante. Le capitaine les attendait devant la porte. Il avait sa tunique et son ceinturon sanglé et il s'était fait beau à sa nouvelle manière : il ne se rasait plus, il avait trouvé un autre système plus pratique; il coupait ses poils au ciseau, ras contre la peau. Ça lui faisait une tête d'ours. Il avait encore grossi. Il bouchait toute l'ouverture de la porte.

L'aube était là quand Jouras revint de la première garde. Olivier l'entendit marcher tout le long de ce boyau de la Fraternité qui était juste en face l'ouverture de la sape.

— Ils dorment, il dit en entrant.

Ils étaient à peine sur le bord du sommeil. Depuis un moment les choses arrivaient sur eux avec leurs bruits, et c'étaient des petits bruits pas à l'ordinaire · des coulis de terre, des choses molles qui passaient dans la tranchée comme du vent.

— Alors? demanda Olivier.

— C'est calme, dit Jouras. Calme, calme, il dit encore en versant du jus froid dans son quart.

Il but.

— Tu as tout vu? demanda Camous.

— Fais le malin, dit Jouras, j'ai vu rien que l'alentour; ça me suffit. Moi, je te dis ce que j'ai vu et ce que j'ai compris. Ça a l'air d'être une belle saloperie, tu verras.

Le jour était long, long…. Le ciel vieillissait au-dessus de la terre, toujours plus blanc, toujours plus bas. On s'habitua à lever la tête au-dessus de la tranchée. On ne risquait rien. On ne voyait rien de neuf : l'ondulation de Santerre, le pays tout moisi de brume dans les creux. On n'entendait rien qu'à certaines heures le roulement lointain des ravitaillements. Dans ce moment encore plus épais de midi, passait aussi un corbeau; ça avait l'air d'être toujours le même.

— Et alors moi, dit Jolivet, quand La Poule posa le seau de soupe.

— Il y en a qu'une pour Chabrand, dit La Poule.

— Et alors, moi, dit Jolivet, je te dis que j'en attends une. Moi, ça fait déjà…

— Tu me casses les pieds, dit La Poule; s'il y en avait une, je te l'aurais portée. Celle-là, elle est pour Chabrand.

— Fais voir, dit Jolivet.

186

— Face d'oie, soupira doucement La Poule.

Il tira la lettre de la poche de sa veste.

Jolivet prit la lettre. Il la garda un moment au bout de sa main sans la regarder, puis il lut l'adresse.

— Olivier Chabrand... Oui, il dit.

Dans le courant de l'après-midi, il y avait toujours ce silence mou et le bruit d'une goutte d'eau qui tombait dans l'escalier par une fêlure des rondins.

— Oh! appela Jolivet à voix basse.

Olivier tourna la tête.

— Tu as eu une lettre?

— Oui.

Jolivet se tira vers Olivier. Il ne regardait pas Olivier. Il regardait ceux qui jouaient à la bourre sous la bougie.

— Prête-la moi un petit moment, il dit. Je regarderai pas tes affaires. Je lirai juste les mots d'amitié.

Olivier mit la main à la poche. Jolivet arrêta le geste.

— Non, va, il dit, garde-la. A la fin, elle écrira bien, la salope!

Et il alla s'asseoir en haut des escaliers contre la plaque froide du jour blanc.

L'agent de liaison sortait tous les jours. Il s'en allait par la droite vers la sept. Puis on entendait sa boîte à masque qui tapait, qui tapait contre les rondins; il était revenu.

Un soir il appela :

— Venez un peu voir.

Il fallait marcher tout le long de cette tranchée des zouaves, prendre le boyau bleu, traverser la carrière; c'était là. Le talus venait de s'ébouler. Il y avait des lambeaux de drap mêlés à la boue. Une sorte de soupirail s'était ainsi ouvert dans le flanc de la carrière. Un bras d'homme dépassait de là avec, au bout, une main noire en forme de crochet. On s'approcha. C'était une grande fosse de morts. Ça clapotait là-dedans comme de l'eau.

Pendant la nuit, il y en avait toujours un qui quittait doucement la garde et qui venait devant l'entrée de la sape. Il écoutait le ronflement, la respiration, les cris de sommeil des autres. C'était comme quand on a froid et qu'on s'approche d'un feu.

Dans la sape, ça n'était pas toujours du sommeil mais souvent une inquiétude qui gonflait dans les corps comme une mauvaise maladie.

— Écoutez! dit Jouras qui couchait au fond.

C'était la pleine nuit. Là-haut, on entendait le brouillard qui frottait contre la terre.

— Écoutez!

Il y avait dans la sape un petit bruit régulier, pointu comme une épingle.

— Tu entends?

— J'entends.

C'était régulier comme une vie, avec un but, une vie, avec une intention et bien lancée vers ce but, et bien tendue dans cette intention. C'était tout faible mais ça remplissait toute la sape de ce petit bruit pointu.

— C'est ici dedans!

— La bougie!

— Charles, la bougie!

— Bouge-toi!

— Le briquet!

— Ton briquet, ton briquet!

Il frotta sur son briquet, il y eut un peu de flamme.

Aux lisières de la lueur, il y avait les visages immobiles des hommes. Ils écoutaient : leurs yeux même ne bougeaient plus.

Le bruit était là au milieu d'eux.

— Allume la bougie!

La Poule alluma la bougie. La flamme ne montait pas droite mais palpitait comme une feuille. Il regardait autour de lui.

— Ah! il dit, c'est la montre!

La montre était pendue au clou, sur une planche. D'habitude, celui-là l'emportait pour sa garde.

Le lendemain on lui dit :

— N'oublie pas ta montre.

— Non, il dit, je la laisse; le froid l'encrasse.

Au bout d'un moment Jouras se leva, il décrocha la montre et il la coucha sur la terre. Ça s'entendait beaucoup moins.

C'était seulement une affaire d'attention. On finissait par entendre le temps marcher même quand Camous emportait sa montre.

— Et ma montre? demanda Camous.

Il avait regardé le clou et il s'était tâté. Ils faisaient tous semblant de dormir dans la sape.

— Si je mets la main sur le gars... il dit.

Il se coucha. Il tourna le dos à tout le monde.

Jouras avait les yeux ouverts. Il sortit sa main de la couverture; il se gratta la barbe. Il regardait le clou.

Au fond de cette nuit, celui de la liaison arriva hors de son souffle. Il les toucha durement à pleines mains, n'importe où, dans l'ombre.

— Ho, ho! là-dedans, debout!

Il alluma son briquet.

— Non, attendez, il dit, où est votre bougie?

Il essayait d'avaler sa pomme d'Adam, il n'y arrivait pas, toujours elle remontait.

— Quoi, mon vieux, quoi?

Il réussit enfin à cracher.

— Dis, il demanda à La Poule, quand on devient fou on le comprend, ou bien quoi?...

Dehors, une mitrailleuse tacotait lentement.

— Pourtant, je l'ai vu, dit l'homme, ma main à couper. Je suis pas fou quand même. Allons, voyons, je vous dis il était là, je l'ai vu, j'ai des yeux. J'ai l'habitude. On viendra pas dire, enfin quoi! Il a fallu que ça sorte du trou, donc! Je venais d'y passer à la minute.

J'arrive de la sept. Je suis venu là jusqu'au coin. Je voyais déjà le noir de la sape. C'était là. Tellement que je me suis dit : « C'est peut-être le capitaine. » Et j'ai fait doucement : « mon capitaine! » Ça n'a pas répondu. Et puis j'ai vu que c'était plus maigre; ce qui faisait gros, c'était son manteau. J'ai bien vu son manteau comme une pèlerine de chasseur. Alors, vous voyez, on peut pas dire. J'y ai dit : « Ho! » et j'ai envoyé la main sur lui.

— Je l'ai vu déjà une fois, moi, dit La Poule. On devrait boucher la porte. On mettrait une toile de tente... C'est un feld-webel. C'est pas un des nôtres. Voilà justement le plus mauvais.

— Oui, dit Jouras, c'est vrai; c'est un feld-webel, je l'ai vu moi aussi l'autre nuit. J'ai rien dit. Il passait; je me suis rencogné et j'y ai balancé un coup de crosse sur la gueule.

— Non? dit La Poule.

— Si, dit Jouras.

— Et alors?

— Alors, rien.

Camous arriva avec des débris de montre plein sa main.

— Ça, il dit. Si jamais ma main tombe sur la pourriture qui a fait ça, on rigolera cinq minutes, je promets...

Jouras se leva et dit ·

— Je vais.

Il regarda tous les copains les uns après les autres.

— Attention, il dit en passant devant Olivier accroupi. Au revoir, vieux!

Il s'en alla par le boyau de la Fraternité.

Au soir, il n'était pas revenu. On servit sa gamelle de soupe.

— Mets la viande dans le couvercle, dit Jolivet, il n'aime pas quand elle est dans le jus.

Enfin, comme il ne revenait toujours pas, Jolivet poussa quand même la viande dans la soupe et ferma la gamelle.

— Ce sera jamais que de la soupe froide, dit Camous.

— On y fera chauffer, dit Jolivet.

Le lendemain, il fallut dire que Jouras n'était plus là.

La gamelle restait sur la table. On la poussait et on mangeait à côté. On colla une bougie sur le couvercle. Enfin, Jolivet vida la gamelle dehors, parce que la soupe sentait l'aigre et que le morceau de viande avait des cheveux de moisissure.

Il y eut du travail à faire du côté de « Dysenterie ». Cet endroit-là, c'était un lac de boue dans la blessure d'un éclatement de mine.

On les menait dans une réserve de fils barbelés et de piquets de bois. Ils croisaient des chevalets de frise; ils enroulaient des « oursins ». Ils étaient dans une sorte de place d'arme, juste en vue du lac de boue, juste en vue aussi d'une bonne partie de ce pays sauvage, désert, et qui touchait le ciel.

Camous s'arrêta de travailler. Il regardait là-bas dans le lointain. Il dit :

— Ça, là-bas, c'est une forêt.

C'était un jeu de cette ombre qui, même au plein du jour maintenant, voyageait devant leurs yeux.

— C'est une forêt!

Et ses yeux éperdus bleuissaient comme pleins d'un ciel qu'il était seul à regarder.

— Tu vois pas qu'on serait là-bas en train de poser des collets à chevrillards?

Dans le fil barbelé, ses doigts essayaient le nœud savant du haut braconnier.

— Si j'avais du fil glissant, du beau lisse, je t'en ferais de ces collets qui te tiendraient un homme.

— Fais voir, dit Jolivet, je vais t'en chercher.

— Tu vois, dit Camous, tu tournes comme ça, tu fais la ganse comme pour les souliers, sans serrer, tu passes le bout dans le nœud et tu tires. Voilà.

— Tu dis que ça tiendrait un homme?

— Avec ce fil-là, c'est du huit et demi, ça en tiendrait plutôt deux qu'un.

Tous maintenant voyaient la forêt. Elle s'approchait à caresser les joues avec ses feuilles.

— C'est des pins, dit Olivier.

— Tu es fou, dit Camous, des pins? C'est des hêtres. Ce vert-là, mon vieux, ce vert lourd, c'est en hêtraie que ça monte au-dessus de terre. Faut pas essayer, tu sais? En fait de forêt et de parfum de forêt faut pas venir après moi.

La Poule leva les yeux et regarda la forêt. Ça avait disparu. C'était du ciel de farine et d'eau.

— Des champignons, il dit, sur la braise, avec du persil et du beurre.

— Oh! oui, dit Camous.

Mais, d'un coup, en claquant des dents, il coupa le mot commencé : le soir, assis au bord du trou, les regardait de ses grands yeux d'ombre.

Là-bas, c'était à la fois la forêt de tous les arbres, des fleuves, des lents et des sauvages, c'étaient de larges plaines avec les touffes des bosquets et les clochers noirs derrière les bouleaux; c'étaient des troupeaux; c'étaient des troupeaux de collines; c'était un grand taureau blanc et celui qui le voyait faisait le geste de branler la clochette comme s'il était venu au marché avec un beau mâle reproducteur.

Ils rapportaient tous ces rêves-là à la sape et ça faisait autour d'eux un grésillement comme de la brume épaisse et c'était la salutation de la vie, là-bas, loin derrière.

— Comment ça fait un chevreuil pris? demanda Jolivet.

— Ça passe la tête, dit Camous, ça tire. Alors, le fil serre le gosier. Il tord sa tête, il se débat; tant plus il tord, tant plus il tire, tant plus ça serre. Il est comme ça. Camous mit sa tête de côté et tira une longue langue.

— Il est comme ça, et puis de la bave plein la bouche.

— Et les hommes? dit Jolivet.

— Pareil, dit Camous.

Maimon, le caporal et La Poule étaient à leur partie de bourre. Olivier regardait. Jolivet polissait un sou entre ses doigts pour en faire un couvercle à briquet. Camous était là-bas au fond dans l'ombre.

— Jolivet, il appela; ces bêtes, que je t'ai dit, des fois, elles mettent toute la nuit pour mourir, toute la nuit à se tordre et à baver, et à manger la terre à pleine bouche. Dedans, les poumons sont noirs.

— Je te demande rien, dit Jolivet.

— Je te dis, moi, dit Camous.

La partie de bourre allait doucement.

— Et pour les hommes c'est pareil, dit encore Camous.

Jolivet polissait son sou.

— Tu entends?

— J'entends, et après?

— Tu es le dernier des salauds, dit Camous, et on entendit sa couchette qui criait, parce qu'il se levait.

— Eh! dit le caporal, pas tant de bruit! Si vous avez

à vous engueuler, sortez dehors, foutez la paix à ceux qui sont tranquilles.

— C'est un salaud, cria Camous, le dernier des salauds! Il m'a fait faire un collet de fil de fer pour attraper les hommes. Oui, et puis il m'a dit : « Donne-le » ; et il l'a mis dessous les chevaux de frise, et puis, on ira mettre ça dans le bled, là-bas devant. Et puis, ça prendra un homme et puis ça le gardera, et puis cet homme sera étranglé par ce fil de fer. Il restera peut-être toute la nuit à baver et à mordre la terre et à attendre la mort, et il mourra là, dans le fil de fer que j'ai noué avec mes doigts. Un homme! Non!

— Qu'est-ce qu'il dit? fit La Poule.

— Oui, dit Camous.

Il soufflait comme un taureau.

Jolivet polissait son sou entre ses doigts.

— C'est vrai, ça? demanda le caporal.

Jolivet sifflota sans répondre.

Le caporal se dressa.

— Jolivet, je te demande.

— Ça peut foutre, dit Jolivet.

— Réponds, oui ou non.

— Oui, dit Jolivet, et après?

— Je lui casse la gueule, cria Camous.

— Jolivet, dit le caporal, tu vas aller enlever ce fil de fer, tout de suite, tu entends? Si tu n'y vas pas, je te sors dans la tranchée et je t'étrangle, toi...

Il y eut un moment de silence. On entendit sauteler la flamme de la bougie. Jolivet les regarda. Il avait de grands yeux tristes et doux.

— Vas-y, dit doucement Olivier.

Il venait de sentir contre sa peau le craquement de la lettre de Madeleine avec ses mots de paix, son grand pain d'amitié, ses « beau chéri! » et ses « Je t'aime ».

— ... Vas-y!

Jolivet se dressa et sortit.

— Jouons, dit le caporal. D'autant, il dit au bout d'un moment, que ça pourrait être un des nôtres.

— Si bien les uns que les autres, dit La Poule.

Le capitaine vint chercher Olivier et La Poule. Il s'approcha de l'entrée de la sape et il siffla. La Poule, qui tuait des poux dans les coutures de ses pantalons, se culotta et monta. Au bout d'un peu, il appela :

— Chabrand!

— Voilà, dit le capitaine, je veux toi et toi; toutes les nuits de garde à ma porte. Moitié chacun. Exempts de toute première ligne, corvée de rondins, de soupe, de feuillée, de tout.

Il fit de son bras galonné un geste qui aplanissait définitivement la vie.

Olivier rentra de garde le premier.

— C'est l'heure!

La Poule écrivait sous la bougie. Les autres dormaient.

— Comment c'est dehors?

— Sombre.

— Il fait froid?

— Porte ta couverture.

— Que c'est noir, dit La Poule, comme il arrivait au seuil de la sape. Il cogna du casque dans les rondins.

La bougie était presque au ras du fil de fer.

Elle pleurait sa graisse sur la capote abandonnée dans la place vide de Jouras. Maimon ne ronflait pas.

Il n'y avait pas de bruit cette nuit, seulement le tap-tap un peu plus pressé de l'eau qui suintait par la fêlure des boiseries.

Ils dormaient tous en se tenant bien serrés sur leur sommeil.

Olivier s'allongea sous sa couverture, resta un moment immobile à faire du chaud, puis chercha le chaud en bougeant doucement les épaules. Il ferma les yeux.

Un pas dans les escaliers de la sape.

— Il retourne? C'est déjà l'heure? Déjà quatre heures, ou bien quoi?

Il regarda la bougie. Elle était toujours presque au ras du fil de fer. Ce n'était pas le pas de La Poule, ni d'aucun... un pas sans habitude et qui cherchait les marches. L'homme faisait à mi-voix.

— Hé là, hé là!

Il devait avoir les bras ouverts en croix et il traînait ses mains de chaque côté sur les rondins pour tâter.

Il parut, courbé en deux, trop grand pour le porche de terre. Il se redressa. La bougie jeta un coup de flamme vers l'air qu'il apportait.

Regotaz!

C'était Regotaz!

Tout chaud, clair et solide, avec ses bonnes mains qui, maintenant, larges et épaisses calmaient doucement la bougie.

Olivier se souleva sur son coude.

Alors, et cette manche de capote toute raide du jus de l'homme, et ce petit bout de cervelle collé dans la bourre au pli du coude, et qu'il avait arraché et jeté dans la boue alors, ce dégoût qu'il avait encore dans les doigts d'avoir touché la cervelle nue de Regotaz?

— Oh là! fit Regotaz doucement, en regardant vers les dormeurs.

— Ho! fit Olivier.

— Ah! tu es là?

Il s'approcha. La bougie se mit à lécher à grands coups de langue son sillage de gros homme.

— Ah! tu es là? fit-il encore; je te cherchais.

Il toucha tout le corps d'Olivier dans la couverture.

— Tu es là ?...

Il laissa sa main pesante sur les jambes d'Olivier.

— ... Ça fait déjà du temps que je te cherche.

Olivier assura son coude dans le treillis du lit.

— ... Te lève pas, dit Regotaz.

— Et alors, comment ?... Comment ça va que tu viens maintenant, dit Olivier; dis-moi, où es-tu ? Tu es toujours là ?

Là-bas, le caporal poussa un grand soupir dans son sommeil et bougea ses jambes.

Regotaz resta avec un mot sur ses lèvres.

— Ils dorment ! J'ai parlé trop fort !

— Non, mais...

— Voilà.

Il se pencha sur Olivier. Il tournait le dos à la bougie. On voyait cependant ses yeux et sa barbe et tout ça était comme illuminé, parce que au fond de sa barbe luisait la lumière douce de sa bouche humide.

— Je voulais t'apporter ça.

Il se fouilla. Il tira de sa poche une chose craquante. C'était une pomme de pin.

— Je voulais t'apporter ça. Il y avait longtemps que je pensais à ça. Les amandes sont bonnes. C'est des muscades. Je sais choisir. Alors, je me suis dit : « Ça, ça lui donnera sûrement du plaisir. Et puis dans le bruit, au fond de ce bruit, écoute. »

Son bras se déplia lentement; il vint faire craquer la pomme de pin contre l'oreille d'Olivier.

— Tu entends : l'arbre, l'écureuil ! Écoute le bruit...

Olivier s'était arrêté de respirer. Il écoutait. Ça coulait dans lui, comme un ruisseau, avec tous les reflets; ça bouillonnait en forêt dans son cœur. Il avait de la terre sur les lèvres; le vent traversait sa tête.

— Comment as-tu ?... dit Olivier. J'ai pensé à ça l'autre jour; une envie... Comment ? Tu en as reçu dans un paquet ?

197

— Je l'ai prise à l'arbre.

— Tu reviens de perme?

Tout le corps de Regotaz trembla doucement comme une fumée.

— Tu es saoul? dit Olivier doucement.

La bouche humide luisait au fond de la barbe. La bougie grésilla contre son fil de fer. Regotaz leva lentement sa main pour faire taire le bruit; il y eut l'épais silence.

— Je voulais t'apporter aussi un petit serpent, mais j'avais peur de te faire peur.

— Quoi, demanda Olivier. Il voulait dire : « répète! ». Il avait entendu, mais il avait besoin d'entendre une deuxième fois, et bien en plein. Mais Regotaz continua. Il parlait d'une voix d'un seul ton, égale et sans désir de persuader.

— Et ce lézardet qui se roulait dans l'herbe de l'aire, près du rouleau à blé; un lézardet à peine déroulé de l'œuf, déjà tout vert avec des gouttes d'eau à tous ses ongles, et puis des violettes, et puis tout le sombre du fond de l'herbe, là où la violette est toute cachée. Et le petit serpent, celui qui nageait au plein du ruisseau. Tu aurais dit un oiseau de l'eau avec son col dressé et sa belle petite colère de petit serpent. Je l'ai pris par le milieu. Il claquait des deux bouts autour de mon bras.

— Regotaz! Regotaz! cria Olivier à voix basse : j'ai fait ça, moi, dans notre ruisseau. Je l'ai attrapé le serpent. Il était là comme un oiseau. Il faisait l'aile à force de tourner sa queue verte. J'ai fait ça. Regotaz! Mais, mais...

La main de Regotaz pesait toujours sur sa jambe.

Olivier cura sa gorge.

— Mais, où es-tu maintenant, à la sept?

— A la sept, répéta Regotaz.

— Tu viens d'en bas?

— D'en bas.

— Ça fait longtemps que je ne t'ai plus vu.

— Ça fait déjà longtemps que je voulais te voir.

La voix de Regotaz était aussi comme une fumée, comme ce bruit léger des épaisses fumées de bois mouillé passant à travers les feuilles.

— Déjà longtemps que je voulais. Je suis venu de ton côté comme du côté des bouleaux. « Oui! » je répondais.

« Oh! Regotaz » on disait. « Oui, je suis là, mon vieux! qu'est-ce que tu veux? Je suis là, mon vieux! »

« Regotaz, Regotaz, Émile! »

Alors, j'ai dit : « Je viens ». Je suis venu de ton côté. Voilà!

Il passa sa lourde main sur toute la jambe d'Olivier.

— Oui, mais le serpent, dit brusquement Olivier, le serpent, le lézard, la violette, la pomme? Tu es saoul ou fou, ou bien, je ne sais pas... C'est l'hiver maintenant.

(Olivier toucha doucement cette bonne main lourde de pitié et de connaissance.) Alors?...

— Alors? fit Regotaz étonné et avec un petit filet d'air qui interrogeait au fond de sa voix.

Il dressa encore sa main gauche pour faire taire la bougie, pour faire taire le monde entier, semblait-il, car le geste semait un silence déployé jusqu'au fin fond de la nuit.

— Tu as toujours ce petit mouchoir qui sent la lavande? dit-il. Tu as toujours cette lettre où elle te dit : « Mon beau trésor, mon beau chéri, mon doux homme?... »

— Oui, dit Olivier, oui, je l'ai : j'ai le mouchoir, j'ai la lettre, c'est là.

Il touchait cette poche de chemise, là, sur son cœur. Il était plein de douceur, et de calme, et d'espoir, comme quand on respire le vent de mai.

Un coup de vent passa dehors en charriant de la pluie

— Mais, mais... Il est mort, pensa tout à coup Olivier

— Qu'est-ce que ça fait? dit à haute voix la bouche lumineuse de Regotaz.

Il commença à se retirer à reculons; sa main ne pesait plus, il se guidait avec ses bras étendus en croix. Olivier regardait toujours cette bouche dans la barbe avec son humidité de bonté. Il la perdit de vue un moment. Il cligna de l'œil. Il la chercha. Elle était à la même place : c'était le reflet de la bougie sur le ventre d'un bidon nu.

La Poule entra, Olivier était encore appuyé sur son coude à regarder luire le reflet.

— Chabrand!

— Oui.

— Viens. Tu entendras, tu verras, viens!

Olivier poussa la couverture.

— Moi, il dit, moi, ce qui vient de m'arriver, vieux! là, maintenant, ici dedans...

— Viens vite, dit La Poule, tu me diras après...

La nuit était si épaisse dehors qu'on en sentait l'épais sur le tranchant du nez.

— Ah! mon vieux, dit Olivier, ah! si tu savais...

— Tu vas voir, dit La Poule.

Il tâtait le mur de droite.

— C'est là; enlève ton casque. Ne fais pas de bruit, entre et écoute.

Il y avait là un petit palier couvert, puis l'escalier qui descendait vers le capitaine. Une petite flaque de lumière pauvre tremblait au fond de l'eau. On entendait quelqu'un qui parlait bas.

— Il est avec qui? souffla Olivier.

— Écoute.

D'en haut on voyait les pieds d'une table et là-dessous les jambes du capitaine. Il devait être assis sur son fauteuil de bois, le dos au dossier, les jambes allongées, les bras morts, pesants de chaque côté de lui. La voix monta.

— ... Non, ma fille, tu couds de travers, tu fais le surjet de côté; ça fait un bourrelet. Chaque fois tu me dis : « Ça fait un bourrelet! » Je t'explique, c'est pour ça.

Dans l'ombre, les deux hommes retenaient leur souffle.

— ... Baisse la lampe. Elle a toujours tendance à filer, c'est le pas de vis qui est fatigué, la mèche monte toute seule. Demain, si tu passes par la rue Neuve, porte-la chez Blaise.

La Poule serra le bras d'Olivier. Il se rapprocha d'Olivier, se colla contre lui.

— Tu es là? il dit, écoute bien.

Le capitaine bougea ses jambes. On l'entendit tapoter sur la table et gratter doucement le bois.

— Regarde ce chat, il dit, s'il est joueur. Regarde, ma fille, tu as bien le temps de te crever les yeux à coudre. Regarde, hop! tu vois?

Il s'arrêta de rire et de taper sur la table.

— Petite, tu n'as pas laissé Isabelle jouer dans la cour aujourd'hui? Elle toussait un peu. Je lui ai demandé : « Ça te fait mal? »

Il y eut un gros silence.

— Elle a tes yeux, il dit; ses cheveux, c'est les miens. Le menton, la bouche, c'est la mienne; le front, c'est ton front. Elle aura ma carrure, ça se voit. Elle a tes gestes de bras, elle a mes longues jambes. C'est mes mains. Petite! Ma fille! laisse ton surjet; viens ma femme; viens, viens, mon petit!

— Il est seul, souffla La Poule.

Ils se couchèrent côte à côte dans le trou de

garde, près de la porte. La Poule claquait des dents.

— Tu as froid, demanda Olivier?

— Non, c'est plus fort que moi. Qu'est-ce que tu voulais me dire tout à l'heure, ce qui est arrivé?

— C'était ça, dit Olivier, la même chose. La même chose que ça.

L'aube essayait de se glisser toute blanche entre la lourde nuit et la petite crête de la cote 34.

On y voyait maintenant. Tout s'était découvert, de la terre blessée et du grand Santerre aplati sous le poids du ciel. On entendit le capitaine qui montait. Il déboucha de la porte courbé en deux. Il se redressa. Il avait mis sa chasuble en peau de mouton, poils dehors. D'une main, il tenait son grand couteau à déclic. De l'autre, à plein ventre, un gros hareng décapité et qui jutait de la laitance. Il mâchait son poisson.

— Bonjour! il dit.

Il alla chercher avec ses doigts, au fond de la bouche, une longue épine courbe.

On sut, tout d'un coup, où étaient les autres. Ce grand Santerre et ce brouillard, et cet horizon qu'on imaginait sans limite, au-delà du brouillard, ça ne donnait pas beaucoup d'explication à ce sujet.

C'était toujours le calme : deux coups de mitrailleuse, un obus qui venait de loin passait haut et s'en allait. C'était toujours le calme, calme, comme avait dit Jouras quand il était revenu de la première garde.

On sut tout d'un coup où étaient les autres. Vers le soir un vent passa dans le brouillard. Depuis un moment on entendait des bruits, des bruits de pas dans la boue, un piétinement de boue et de terre mais on n'y avait pas donné toute l'attention, on avait tant à faire avec toute cette ancienne vie perdue et qui maintenant, dans le calme, suintait d'entre les minutes du jour. Et puis, brusquement ce vent passa dans le brouillard et il y eut un grand espace de terre vide, tout bien visible.

— Venez voir, venez voir, cria le caporal.

On regarda par-dessus la tranchée. Ils étaient là-bas à une centaine de mètres. Ils couraient; le vent les avait surpris. D'un côté, ils sortaient du brouillard et de l'autre ils y rentraient. Ils défilaient en plein champ au-dessus de la tranchée. Surpris par le vent, ils se courbaient un peu, ils couraient en tenant leurs fusils comme des bâtons et, de temps en temps, dans la ligne sombre de leur troupeau, il y avait la tache pâle d'un visage qui regardait de ce côté.

— Pourvu que les crapouillots!...

On regarda dans la direction de l'artillerie de tranchée. Sur l'emplacement des lance-bombes on voyait les têtes des artilleurs qui émergeaient de la terre. Ils regardaient aussi.

Olivier dressa la main bien haut et il la bougea doucement de haut en bas, pour leur dire :

— Attention! soyez tranquilles.

Le sergent lui fit un signe en réponse. Ça disait :

— Ne t'inquiète.

*

— Oui, volontaire, avait dit Jolivet.

Il y avait tant de malheur dans ses yeux! Ça avait coulé sur son visage, ça avait creusé de grands sillons qui s'en allaient de dessous l'œil jusqu'à la bouche.

Depuis, il prenait tout seul la garde à l'avancée dans un petit trou, devant les barbelés. Il y avait juste sa place. Il se blottissait là-dedans; il ne dépassait pas la terre; la brume bouchait le trou comme avec une grande pierre plate et, ainsi, Jolivet disparaissait du rond du monde.

— Parce qu'on lui écrit plus, dit La Poule.

Olivier se souvenait de ce Jolivet du renfort, de cet homme neuf, dessus et dessous, avec des joues rondes et un petit sourire de malice luisant, fleuri de douces dents blanches.

Un matin, il était là, serré dans sa boue.

— Monsieur! Monsieur!

Il y avait un pauvre visage d'homme collé contre le rebord de son trou. Jolivet prit son fusil.

— Camarade! cria l'homme, de toute la force de son pauvre corps, avec tant de force, qu'après le cri il resta comme vidé, la bouche ouverte, les yeux fermés, plus blanc que le brouillard, plus blanc que cette salive écumeuse qui coulait de sa bouche ouverte.

— Oh! l'homme, dit Jolivet.

Il l'agrafa par le col de sa veste et il le tira à lui. L'autre s'aidait du genou et du coude. Il tomba dans le trou. Trois balles de mitrailleuse sifflèrent juste dans la direction d'où il était venu.

— Reste là, dit Jolivet, couche-toi.

Il lui faisait signe avec la main. L'autre se coucha au fond du trou, la bouche dans la terre. Il avait tourné sa tête de côté et il regardait ce grand homme brun qui guettait l'avant, une main sur la culasse du fusil.

La mitrailleuse s'arrêta. Elle recommença à chercher d'un autre côté dans la brume.

— Dresse-toi, dit Jolivet.

Il se dressa d'abord lui-même pour faire voir que ça allait; il tenait son fusil par le milieu comme une massue.

— Dresse-toi!

C'était un pauvre homme, trop petit pour son épais costume, le cou au milieu du col comme un crayon, les manches allongées par tout ce qui était de reste aux épaules. Et, pour ce visage, Jolivet pouvait regarder son propre visage avec le malheur débordant de ces yeux comme une flamme de lampe et les grosses traces de griffes sur la peau des joues. L'homme enleva son casque, ça lui avait marqué autour du front une raie rouge comme des blessures d'épines.

— Oh! l'homme, dit Jolivet.

— Oh! monsieur, dit l'autre avec un tout petit sourire où il se donna tout entier, vite, vite, pour se remettre aussitôt à son inquiétude.

— Passe; je te vas mener au capitaine.

Jolivet fit signe avec la main. Le prisonnier marcha devant lui. Il tournait de temps en temps la tête pour interroger du regard.

— Oui, tout droit, faisait Jolivet et en lui-même, il pensait : « La garce, la garce, pas écrire! plus d'un mois! La garce! Une belle chiennerie, ça doit être! »

— Attends.

Jolivet se pencha sur l'escalier. Il n'y avait en bas que la flaque pailleuse de la bougie. Il appela :

— Mon capitaine!

Il y eut un long craquement de bois, puis un grognement.

— Pas l'air de bonne humeur, pensa Jolivet; j'ai mal fait d'y mener le type.

« Y a un prisonnier ici, mon capitaine! »

— Descends-le, dit le grognement en bas.

— Oui, j'ai mal fait, pensa Jolivet; allez, vieux! il dit doucement, on descend.

Sitôt en bas, le prisonnier se raidit, comme pendu à un nœud coulant, le cou tendu, le menton en l'air, le corps en bois, les doigts crispés sur le bord des cuisses.

On ne voyait rien là-dedans, sauf là-bas, dans le fauteuil de bois, une grosse masse sombre.

Le capitaine se dressa en écrasant le fauteuil. Il venait. Sans bouger la tête du plein de son œil déviré, le prisonnier regarda Jolivet et, dans le pauvre regard, dans ce trou d'eau bleu sale, tout se vit soudain : le grand désarroi du dedans, le déchiré, la blessure, l'écrasement du cœur; ma femme, mes petits, ma chair, ma joie, le monde, la vie. Messieurs, pas tuer, pas tuer, messieurs!...

Jolivet serra le canon de son fusil. Il regarda le capitaine.

— S'il le touche, il pensa, s'il a le malheur de le toucher, je lui balance un coup de crosse sur la gueule.

De son gros corps le capitaine esquiva la table.

— S'il le touche, je le crève, pensa Jolivet.

La crosse du fusil quitta le sol.

Cela se fit très vite; le capitaine prit la main du prisonnier dans les deux siennes et il la tapota doucement.

On voyait maintenant son beau visage dans un large rire tiède qui éclairait sans faire de bruit.

LA BICHE A LAISSÉ SON FAON
CAR IL N'Y AVAIT POINT D'HERBE...

Il y a huit jours que ça dure.

Julia entre dans la cuisine; les volets sont tirés, il n'y a personne, la soupe siffle sous le couvercle de la marmite; il semble qu'il n'y a personne mais, au bout d'un moment, si Julia reste immobile, elle entend, dans le bruit de la soupe, un petit sanglot à moitié retenu, et c'est Madeleine qui pleure.

Huit jours! La petite a le visage tout boursouflé, un œil qui regarde à travers tout et, sous sa peau, du bleu comme du sang décomposé. Quand elle était toute petite, elle avait des taches de son plein la figure, puis il lui est venu cette peau de la joie, de la jeunesse fine et brune comme une peau d'abricot, et voilà que ses taches de son reviennent, elle en a déjà le front tout cloué et l'alentour des yeux.

— Qu'est-ce qu'elle a cette petite?

Cette fois Julia va à la fenêtre et ouvre les volets; Madeleine est à genoux devant la table, elle a arrondi son bras là-dessus entre des épinards et des verres à essuyer; elle a caché son visage dans cette cachette du bras et elle pleure.

— Oh! Madelon, dit Julia.

Elle couvre la tête de Madeleine avec sa main ouverte et fraîche comme une feuille. Elle serre doucement cette tête dans ses doigts écartés.

— Qu'est-ce que tu as, Deleine, dis-moi, tu sais qu'à moi, tu peux tout dire. Depuis le temps...

Entre ses doigts, Julia sent toute l'écorce de cette tête qui tremble et craque, trop pleine de ce grand pleuré de tant de jours. De son bras droit, Madeleine embrasse le fût de jambe de Julia et Julia caresse les cheveux de la petite.

— Le père! dit soudain Julia qui force des jambes et s'arrache à l'embrassée.

Madeleine se dresse et va faire semblant d'essuyer les verres, là-bas, au torchon pendu contre le mur. Avant, d'un grand regard, elle a donné à Julia toute la pauvre douleur de ses yeux écrasés.

Le père n'est pas rentré. Il s'est assis sur le banc devant la fenêtre ouverte. Il est avec Taiste Martin.

— Elle était malade, dit le Taiste. Elle vomissait. Elle a jamais été d'une grosse corpulence. Il vient le docteur, il la regarde, il la touche. Elle faisait des yeux comme les chattes. Il la touche au ventre, bien à main plate. Je regardais, je me disais : « Tiens, elle a engraissé! » « C'est rien, dit le docteur; y a qu'à préparer le berceau. » Ça m'a tombé les bras.

« Elle a seize ans » j'y dis. Et alors, il m'a dit : « Seize ans, vous croyez que c'est pas assez? La preuve... »

C'est du fils de la Michonne. Une chance, il n'est pas encore parti. C'est un brave petit, du moins, s'il ne l'était pas, il me tromperait. Alors, j'y suis allé, j'y ai dit... »

Madeleine a posé le verre sur la table, sans regarder, en lançant son bras derrière elle, puis ses jambes ne l'ont plus portée, elle a glissé le long du mur et sa joue s'est écorchée au plâtre.

— Delon, Delon! geint doucement Julia penchée sur elle.

Ce soir, Julia est entrée dans la chambre de Madeleine. La petite était là, devant la glace, chemise relevée, elle regardait son ventre. Elle a baissé sa chemise, un gros morceau de pleur a sauté hors de sa bouche.

— Chut, a dit Julia, un doigt sur les lèvres.

Puis :

— Couche-toi, Madelon, je vais t'apporter quelque chose.

On l'a entendue fourgonner en bas, à mains feutrées dans les placards; de temps en temps, elle ne pouvait pas empêcher une bouteille ou une boîte de sonner. Madeleine, qui est au courant de tout dans la cuisine, a su qu'elle avait pris le réchaud à alcool, la bouteille de vieille eau-de-vie et cette petite boîte de fer-blanc que Julia a cachée au fond du placard en disant : « Ne touche jamais à ça, c'est des choses pour les rats. »

Puis, Julia a pris le hachoir et elle a haché quelque chose, sans faire trop de bruit. Elle a déchiré du linge. Après, ça a été un long temps tranquille. On n'entend plus rien, sinon, au fond du couloir, la reniflade du père qui vient de se faire peur à force de ronfler.

— Tiens, dit Julia en rentrant, mais, attends, mets la bougie derrière la table de nuit. Si le père s'éveillait il ne verrait pas de lumière.

De sa main gauche étalée, Julia soutient un gros emplâtre vert. Elle a la bouteille d'eau-de-vie sous le bras; elle a accroché à son index droit une tasse qui fume, pleine rasante d'une tisane épaisse. Dans le reste de sa main droite elle serre l'étui à pilules.

— Attends.

Elle glisse l'emplâtre sur le marbre de la commode Elle se débarrasse.

— Voilà. Il faut d'abord te mettre ça bien entre toi, serré avec un linge, là, tout chaud. Si ça mord un peu, résiste. Découvre-toi, je vais te le placer.

Le cataplasme est lourd et brûlant et tout de suite il

se met à manger, avec son acide, le plus délicat de Madeleine. La petite serre les dents; elle souffle seulement comme une bête qui souffre. Sa tête se renverse en arrière sur l'oreiller.

— Là, dit Julia, ça va passer.

La grande ferme endormie craque sourdement autour des deux femmes. Un agneau pleure dans l'étable. La jument tape du pied, le poulain tire trop sur la mamelle.

— Bois, maintenant.

Julia relève dans son bras la tête de Madeleine; elle approche des lèvres la tasse qui sent le fenouil et l'anis, l'absinthe et la rue terrible, l'ombre noire de la terre.

Il y en a au fond de la tisane qu'elle remue avec la cuiller et toute l'odeur du fenouil est étouffée soudain sous la sombre odeur de cette suie des seigles malades.

— Bois, force-toi, force ta bouche, force ton gosier. Il faut te forcer, Madeleine.

La brebis en bas chevrote son doux gémissement vers l'agneau.

Madeleine a un hoquet comme pour vomir. Julia plaque sa main sur la bouche de la petite.

— Force-toi, Delon, force. Fais tout descendre dans ton ventre, c'est ça qui y fait, force-toi.

— Non, fait la pauvre tête sur l'oreiller.

— Serre la bouche, n'ouvre pas, force-toi.

Une vague venue de ce ventre, en bas, secoue la poitrine de la petite. Elle serre les dents. Elle éternue un grand coup; la tisane lui sort du nez en deux chandelles gluantes.

Julia l'essuie d'un revers de main.

— Bien sûr, elle dit, c'est pas naturel, c'est contre nature. Alors, faut se forcer, c'est sûr Madelon, qu'est-ce qu'il faut faire contre les temps? Force-toi, tu es une femme.

Madeleine verse toute la tisane dans sa bouche et, d'un grand coup de tête, elle la fait descendre dans elle.

— Julia! appelle une voix d'homme dans le couloir.

Julia ne répond pas. Elle souffle la bougie. C'est le père. On l'entend qui vient à pieds nus dans le couloir. Il touche la porte de Julia. Il appelle doucement.

— Julia!

— N'aie pas peur, dit Julia à voix basse.

Le père vient; il met la main à la poignée de la porte. Il ouvre.

— Madeleine! il dit.

Dans l'ombre, Julia imite la longue et lente respiration d'une qui dort, paisible.

Le père écoute. Il referme la porte, il s'en va.

Au bout d'un moment, Julia, à tâtons a cherché le bougeoir. Elle allume la bougie.

Madeleine est assise sur le lit, les yeux fermés. Elle a vomi tout le long d'elle. Sa chemise est toute tachée, son sein est sale de tisane; au coin de sa lèvre pend un peu de bave violette.

— Je vais te changer, dit Julia. Tu en as quand même un peu gardé.

Elle la met toute nue; elle a regardé ce ventre déjà tendu et rond, tout plein de vie.

— Là, maintenant, tu es propre, ça ira. Couche-toi, petite, couche-toi. Pousse-toi, je vais me coucher avec toi, je te garde, n'aie pas peur, nous le ferons passer, va.

MON AMOUR!

Jérôme hésite au seuil.

— Julia, il dit, viens voir quel est celui-là qui s'approche dans le chemin?

Le cœur de Julia a fait un saut. Madeleine est restée avec son aiguille en l'air, et pâle et moite comme une branche tout à coup écorcée, elle a eu le geindre sourd d'une qui a reçu un cou sur la nuque. Joseph! Julia regarde et dit :

— Non!

C'en est un qui vient sur des béquilles. C'est une jambe qui lui manque.

— Ho! la maison, crie celui-là, et il rit.

On l'a reconnu à sa voix et à son rire.

— C'est Casimir!

— Mets le café sur le poêle, dit le père.

On l'a fait entrer; on l'a fait asseoir. Julia a dit :

— Je t'aide? Et elle a tendu les mains vers les béquilles.

— J'ai l'habitude, a dit Casimir.

Il a engraissé. Il est gras et blême; gras d'une graisse tout en blancheur et en ballottements. Il en a les yeux presque cachés, de cette graisse.

Ça en a été des « et alors? » aussi bien d'un côté que de l'autre, et Casimir tape sur les cuisses du père Jérôme,

212

et Jérôme a fait le geste de taper aussi, mais il s'est retenu, il a eu peur de taper sur celle qui est vide. Ça n'aurait pas été poli.

— Ho! Julia, dit Casimir, approche-toi, tu es toujours à côté de ton poêle. Approche-toi que j'ai des nouvelles de ton homme.

— Je fais ton café.

— Ah! va, café, viens ici que je te dise de ton homme, tu sais qu'il languit!... Va voir Julia, il m'a dit. Et le matin que je suis parti, il s'est penché à la fenêtre et il m'a crié : « Va la voir! »

— Comment il est? dit Julia.

— Il est bien. Ça a fini de suppurer, son bras; il m'a fait voir; juste une petite étoile, ça va être fini. D'ici un mois il est là. Moi, des fois je fais le tour par les cuisines, parce que là, je me fais monter dans le garde-manger avec le câble. Tu comprends, lui il est au troisième, moi je suis en bas et c'est dur pour monter l'escalier avec ma jambe folle. Je vais à la cuisine, je dis à la sœur : « Ma sœur, montez-moi comme de la viande »; elle rit, elle me dit : « Vous serez toujours le même. Allons, mettez-vous là-dedans. » C'est une cage grosse comme la table. Je me mets là-dedans, bien serré. « Vous y êtes? » « J'y suis! » Elle appuie sur le bouton et je monte jusqu'au troisième. « Ho! Casimir ! » il me dit. Je vais m'asseoir près de son lit et alors les oreilles doivent vous sonner. On parle de toi, du père, et puis des terres, et puis de toi, Madeleine. Où elle est, Madeleine?

— Je suis là, dit Madeleine, sans lever les yeux de sa couture.

Par la porte ouverte, on entend sur l'aire la cavalcade de la jument qui s'amuse avec son poulain; on voit le poulain qui joue à sauter contre le soleil et qui bondit tellement haut qu'après il est tout étonné et qu'il se renifle les jambes.

— Quand je serai de retour, dit Casimir, on m'essayera une jambe de fer, avec une charnière au genou. C'est comme du vrai.

— Alors, dit Jérôme, tu dis qu'il est en bonne santé, donc ?

— En bonne santé ? Comme moi, dit Casimir ; gras comme moi.

Julia regarde cet homme blême et mou. Casimir a perdu cette rousseur des hommes du soleil : il a les mains blanches et grasses de ceux à qui on fait manger la soupe en leur laissant seulement la peine d'ouvrir la bouche et qui s'engraissent, sur la chaise, comme des sacs. Un beau laboureur c'était avant, on s'en souvient, maigre et dur comme une vieille fève.

— Bien nourri, il dit : à dix heures, deux plats, et le soir deux plats et la soupe. Et puis moi, je vais à la cuisine. Je tape à la porte, je dis : « Ma sœur, encore un peu de viande. » « C'est défendu », elle dit. Je lui fais une petite grimace, alors elle m'en donne un morceau de plus.

Sur le beau ressort de ses jambes, le chat a sauté vers un taon. Il s'accroupit. Il tient la bête entre ses griffes. Il tend ses crocs. Il croque le corselet de dur charbon. C'est plein de miel âpre dedans. Il se lèche pour faire tomber les deux ailes bleues qui sont restées dans ses moustaches.

— Vraiment, père Jérôme, nous ne pouvions pas mieux tomber, Joseph et moi. Il y a de ces hôpitaux, vous savez, où ils vous font cracher les tripes et les boyaux. Là, c'est la douceur, la douceur douce, le paradis. C'est juste derrière la ville, dans la boucle du Rhône. Il y a un grand parc, le Rhône est au bout. Vous voyez, le Rhône fait le tour comme ça. Du temps où je ne pouvais pas prendre les béquilles, on me portait sur le perron, juste au coin. J'écoutais siffler les bateaux. D'un coup, entre les arbres, je voyais le mât et les petits drapeaux le long des ficelles. Ça passait

214

là-bas sur le Rhône. Je suivais de l'œil. Ça faisait tout le tour du parc, là-bas au fond, et puis ça s'en allait avec un coup de sifflet. Je me disais : ça descend vers Valence.

— Combien de sucre?

— Merci! deux; je les prends avec les doigts...

— Fais, c'est de nature.

— Oui, je vous dis, c'est des sœurs qui nous soignent. Il y en a une, Julia, qui te ressemble un peu quand tu étais fille. C'est le Joseph qui m'a fait remarquer. Tu ne risques rien, va, c'est une sœur, ça a fait la croix sur tout ce qui est bon. Tu me donnes une petite cuiller? Oui, alors on nous a mis par ordre : ceux à qui il manque la jambe, d'un côté; ceux à qui il manque le bras, de l'autre côté. Et puis d'ici, ceux qui n'ont plus de jambes. Et puis d'ici, ceux qui n'ont plus de bras. Et puis là-bas, ceux qui n'ont plus ni bras, ni jambes.

— Juste Dieu! geint doucement Madeleine.

Casimir boit...

— Julia, pour le jus, tu es toujours la première, tu sais; ça, ça en est du moka!

— Alors, Jérôme, qu'est-ce que vous en dites de tout ça?

— Eh! garçon, j'en dis, qu'est-ce que tu veux que j'en dise? J'écoute, moi, je vous vois là-dedans, moi.

— En cette saison c'est plein de roses de toutes les couleurs, avec des noms sur les étiquettes; tout bien arrangé : Des « Madame Herriot, des Madame Poincaré, des Belles de nuit, des Gros velours, des Roses-France, des Batailles de la Marne ». Tout ça dans des petits carrés avec des petits tuteurs et des petites pancartes. Moi, justement, pour ma jambe qui reste il faut que je fasse de l'exercice. Alors, je pars par l'allée Foch, je tourne dans l'allée Joffre, je prends le chemin Pétain au bord de l'eau, puis du rond-point des Alliés, je vais là-bas au fond écouter l'accordéon des aveugles.

Ah! les aveugles! Justement on les a tous mis ensemble, là-bas au fond. Ça en a été une d'histoire ça, l'accordéon! Figurez-vous qu'avant l'accordéon, de rester tout le temps dans le noir, ces hommes ça les rendait presque fous. On était obligé de garder le bord du Rhône. Ils auraient usé le pape. Un jour, un de ceux-là se fait acheter une flûte de quatre sous. Il se met à jouer. Il y avait de quoi pleurer. La supérieure est venue; elle a dit : « Ce qu'il vous faudrait, c'est un accordéon. »

— Comment, vous savez ça, vous, ma supérieure? ils ont dit.

— Ah! j'imagine!

— Moi, je sais jouer, a dit un.

Alors il y a une fille riche de la ville qui a acheté un accordéon aux aveugles. Depuis ça va, ils ne demandent plus rien; ils écoutent. Quand on sort en ville le dimanche, tous en bande (et les aveugles poussent les petites brouettes de ceux qui n'ont plus de jambes), ils ne laissent pas l'accordéon. Ils l'emportent. Ils savent qu'ils ne pourront pas jouer en ville, que c'est défendu. Ils l'emportent quand même et, de temps en temps, ils demandent : « Tu l'as? »

— Oui, répond l'autre.

Il y a le beau bruit léger des moustaches sur les pêches du compotier et le blond du soleil glisse dans l'herbe et joue. La grande échine bleue de la colline bouche la porte. Là-bas, le vent marche dans les olivaies et l'écume grise des feuilles bout sous son talon.

— Oh! en parlant d'aveugle, dit Casimir, il faut que je vous dise. Écoute, Julia, viens, Madeleine. Cette sœur Mathilde qui est si jolie, mais alors, jolie, tu sais, et puis fine; dessous la peau de ses joues on voit couler le sang. Eh bien! écoute, Julia, il y en a un de ces aveugles, il n'est pas qu'aveugle, il a fallu qu'on lui refasse une figure en profitant de ce qui restait : pas de nez, pas de bouche, pas de rien ; on lui a refait tout ça comme on a pu. Le plus mauvais, c'est ses yeux qu'il a au fond de ses trous. Il est aveugle. Il sait qu'il est avec des aveugles, qu'on ne le voit pas. Mais quand il envoie sa main sur sa figure, pour une mouche ou autre, il la retire tout de suite comme s'il se brûlait.

Cette petite sœur Mathilde, dès qu'elle vient au jardin, elle cherche cet homme. Lui, il est toujours seul, accroupi dans un nid d'herbe. Elle vient. Elle entre s'accroupir à côté de lui.

Une fois, j'étais là. Elle me voyait. Il ne me voyait pas. Elle me regardait avec un sourire de petit sucre. Il lui disait :

— Ma sœur, laissez-vous faire...

Elle se laissait faire. Il lui passait la main sur la figure Il touchait le nez.

— Le nez ! il disait.

Il touchait les yeux.

— Les yeux ! il disait.

Il touchait la bouche.

— La bouche !

Il suivait du doigt tout le contour de la bouche.

— Mordez-moi, ma sœur !

Elle le mordait doucement.

— Fort ! Que ca marque.

Alors, il retirait le doigt et il essayait, avec ce qui lui restait de lèvres, de toucher la marque des dents.

Quand Casimir a été parti, Jérôme s'est arrangé pour rencontrer Julia toute seule près des soues.

— Dis, Julia, écoute ; tu as vu Madeleine, qu'est-ce qu'elle a ? Elle est malade ? Elle est sûrement malade ; tu as vu sa figure ? Et puis tu n'as pas remarqué, quand Casimir parlait, elle riait.

Alors, après la pâtée des cochons, Julia s'en est revenue, lourde de sa réflexion et de sa lutte contre le sort.

— Madeleine! elle a appelé.

— Je suis là!

Elle est là, près de la fenêtre ouverte. Le beau plateau s'en va vers le soir. Il se penche sur les fonds d'est d'où monte la nuit, comme pour verser dans la nuit sa charge de feuilles luisantes.

Julia s'agenouille près de Madeleine.

— Alors ça n'y a rien fait? elle dit.

— Non.

— Tu vois, si tu avais bu toute la tisane. Écoute, je te mènerai chez quelqu'un : chez Héloïse, l'Alicante. Elle s'en est fait passer un encore plus avancé.

— Non, dit Madeleine.

— Ça fait pas mal, dit doucement Julia.

Madeleine secoue la tête.

— C'est pas pour le mal, elle dit, c'est parce que je veux garder Olivier. Je l'aime, Julia, je l'aime! J'aurai un petit de lui, ça sera lui, c'est le seul moyen que j'ai de le sauver, moi, mon Olivier. Personne ne pourra me le prendre, il sera pour moi toute seule. Entier, entier! Mon amour! crie Madeleine.

— Tais-toi, tais-toi! dit Julia en lui mettant la main sur la bouche.

SOUS LA MAIN GAUCHE

Ça a été trois petits coups, tout juste, frappés à la porte en bas; puis le bruit de quelqu'un qui s'est reculé dans la paille de l'aire pour regarder la fenêtre de la chambre. Julia a entendu; ça lui a saisi la respiration.

Le Joseph dort, couché à côté d'elle. Il est arrivé au courrier de cinq heures. Il est noué à elle par le crochet de sa cuisse maigre.

Julia prend doucement cette cuisse, là-haut, à l'épais; elle défait le crochet, elle se tire du lit, elle se lève. Il dort toujours du même effort profond.

Elle ouvre sa porte : pas plus de bruit qu'un pan d'ombre dans de l'ombre; hier encore elle a usé sur les gonds tout un gros morceau de lard. Elle descend l'escalier les orteils hauts, parce que le bruit des ongles sur la pierre ça s'entend pour un qui guette.

Dans la cuisine, il y a des débris de verre par terre. Le Joseph, tout à l'heure, a jeté une bouteille à la tête de Madeleine. Heureusement la petite s'est baissée. Elle a couru vers la porte. Il a pris la cruche avec sa main gauche comme pour la lancer aussi. Il est fort avec sa main gauche.

On frappe encore un petit coup à la porte.

Julia touche l'emplein de la porte avec ses mains écartées. Elle touche la serrure; elle ne touche pas la clé; elle va plus haut que les verrous; elle ouvre seulement le judas.

La nuit est claire dehors. L'homme est là devant. Il colle son visage à la petite fenêtre.

— Julia!

Avec sa voix basse, il souffle dans la chambre la sueur aigre de la nuit d'août.

— Oui, dit doucement Julia.

— Ça fait trois jours, viens!

— Non, j'ai mon homme.

— Quel homme?

— Le mien.

La grande figure est là avec seulement la peau et l'os, la barbe de bête, les yeux comme des étoiles, et la large bouche affamée, blessée par la faim de tout.

— Tu veux du pain?

— Toi!

— Du tabac?

— Toi, Julia, viens, j'ai besoin, je suis seul, seul! Rien qu'une fois. Plus qu'une fois. Viens Julia!

Un moment, c'est le silence. On entend ce grand corps d'homme trembler contre le bois de la porte.

— Non, c'est non, dit Julia.

L'homme respire de longues haleinées sourdes sur le visage de Julia. Ça sent l'herbe crue et le tabac.

— Je te donnerai du pain, si tu veux, des cartouches de chasse.

— Je me fous de ton pain.

Une chouette chante.

— Et, je me fous de toi!

Il crache dans le judas. Julia pousse le petit volet et met la barre. L'homme s'est aplati de tout son corps contre la porte. Elle écoute craquer ces os, cette grande respiration de bête lasse. Il s'en va...

Du revers de sa main Julia essuie son front; le crachat vient de lui couler jusqu'aux lèvres.

220

Joseph dort. Il ne s'est pas réveillé; il ne s'est pas tourné; le crochet de sa cuisse est toujours là, en l'air, attendant la chair de la femme.

Julia monte doucement sur le lit. Elle regarde si Joseph est bien couvert, là-bas, de ce côté droit qu'il ne peut plus défendre tout seul. Elle se couche sous ce crochet de cuisse. Elle remonte sa chemise en bourrelets, sous son menton. Elle prend la main gauche de Joseph, elle écarte ces doigts d'homme. Elle met un de ses seins dans le plein de cette main gauche et, doucement, elle reste là, sous cette main, à respirer et à vivre.

LE GRAND TROUPEAU

— Réveillez-vous là derrière!

On tape sur le casque d'Olivier.

— Quoi? il demande.

Il glisse dans la boue.

Tout son rang dormait en marchant.

— Quoi... c'est déjà à vous.

On va arriver sur un convoi.

On se rapproche dans la nuit d'une route qui gronde comme un fleuve. Ça sent l'essence et le crottin de cheval.

Là-bas au fond, la nuit, déchirée d'éclairs, saigne toute vivante sur l'ondulation des collines.

— Un coup de pied de cheval dans le ventre, dit **La Poule** : que je crève!... je suis mort, moi!

— Pousse-toi!

— Chabrand!

— Je suis là, répond Olivier, là!

Il attrape La Poule par le bras.

— Fini! Fini, cria La Poule, je suis fini! On veut nous tuer.

On siffle la pause. Le convoi se frotte en bas dans les arbres.

On fait les faisceaux. Les hommes sont assis dans la boue du talus.

— Poule!

— Oui! fait sourdement une voix au ras du sol.

Olivier se penche. La Poule est couché au plein de la terre.

— Ça va, ça va, dit La Poule. Je me reprends!

Le jour est venu, vert et aigre. On traverse une grande voie du chemin de fer morte. La barrière du passage à niveau est arrachée. La maisonnette est vide, elle sonne de tous les pas des soldats. Une fenêtre est bouchée avec des sacs. Une traînée de paille traverse la voie.

Des haies sortent de la brume, puis un frêne luisant, puis les champs s'éploient. A gauche un village tout chaud fume dans la rosée des prés. Jusque par delà des villages et des collines, le route, toute noire, roule le flot des soldats. Ça coule lentement dans tous les plis de la terre; ça emplit les vals; ça déborde les combes; ça suinte des bois; près du village, un gros lac de soldats dort à la pleine herbe d'un verger creux. La route coule épaisse entre les arbres.

— Poule!

Olivier tend son cou maigre vers le ciel. Il a arraché sa cravate et défait son col. Il essaie de happer de l'air avec sa bouche sans vie.

— Poule!

— Je te tiens.

La Poule a passé son bras à l'épaule d'Olivier.

— Avancez, là devant!

— Viens, dit La Poule, donne ton fusil un moment. Appuie-toi; viens, on reste ensemble.

Olivier marche. Il a passé ses mains dans les courroies croisées sur sa poitrine, et de toutes ses forces il essaie de dégager cette poitrine, de respirer.

— Avancez!

Il serre les dents. Il pleure; ses lèvres sont retroussées sur ses dents comme sur du rire.

— Avancez!

— Appuie-toi!

Camous glisse et tombe à pleine face sur la route. Il se relève. Il crache de la boue, de la morve et du sang.

Tout doucement, sur la route dure, gronde la cadence des pas. Ils sont plus de vingt là-devant, qui, d'instinct, marchent du même pas, parce qu'ainsi on n'est plus seul, on est tous à porter ensemble le poids des corps et de la peine, et c'est plus léger.

Camous essaie de prendre le pas et la cadence. Olivier rage, les dents serrées, tout traversé de douleur, les yeux troués de larmes dures comme du fer.

— En avant! vieux, grogne La Poule.

— En avant! vieux...

D'un grand effort qui le déchire comme de bas en haut, Olivier entre enfin dans le pas de tous. Camous lutte tout seul. Il boite.

— Attention! il dit.

Il pousse du bras ses voisins. Il sort du courant. Il se jette à pleins reins sur le talus. Il reste là sans bouger, l'arme à la bretelle, sac au dos, tout harnaché, les jambes ouvertes. Le fond de son pantalon est noir de sang. Il n'ose plus bouger. Un sergent est venu comme pour le renifler. Camous a levé les yeux, il a dit un mot ou deux et le sergent est reparti le nez baissé le long de la troupe.

Au fond de la route, une maison guette d'une fenêtre borgne entre les arbres. Une grosse ferme; une forge au beau milieu de la cour. Un artilleur, nu jusqu'à la ceinture, se bat à grands coups de marteau avec une pièce de fer blanche de feu et qui éclabousse des étincelles. A côté, couvert de boue sèche, un gros canon attend.

— C'est le village, dit La Poule. Ce village, c'est là, c'est là qu'on s'arrête.

On a traversé le village. La longue troupe s'est frottée contre les murs. Elle a regardé les granges, les étables avec la paille mais, là-bas, loin dans les champs, la tête du troupeau tire et entraîne tout.

Voilà encore des champs, des champs, des coteaux et des bois.

Vers le midi, on a traversé un grand camp de convois de ravitaillement. Toute l'eau lente des convois venait s'y lover en tourbillons, y dormait en bouillonnant lentement avec des bruits de harnais et de ferraille. Puis, on a marché sur des routes au milieu des canons et des voitures, avec de la boue sur les mains et sur la figure, et, dans la tête, l'amertume et l'aigreur du sang.

Le soir saignant est couché dans les fumiers vaporeux d'un village. Une cymbale sonne contre les murs. Des clairons. Le purin coule sur la route en pente.

Des granges, puis une place; la route tourne. A ce coude de la route il y a un homme arrêté debout; un grand, un gros dans un imperméable noir. Il a un képi luisant.

Un officier sort d'une belle maison. Il porte une chaise à la main. Il vient, salue en touchant le bord de son casque et tend la chaise. L'homme la prend, ouvre les pans de son manteau, s'assoit lourd et carré à plein dossier. Il a son sabre entre les jambes. Il s'appuie des deux mains et du menton sur la poignée de son sabre. Il regarde passer les hommes.

L'aube est là-bas dans les saulaies, au bout de ce champ plat, immense comme toute la terre. On est venu par cette route des bouleaux. Les casques sont blancs de givre. Les hommes fument de la tête aux pieds, comme des chevaux; ils portent leur vapeur dans leurs pas, toute la compagnie est dans le brouillard de sa sueur.

On s'arrête.

— Donne ton bidon, dit Olivier, je vais au café.

Un roulement de canonnade ronfle contre l'horizon comme une tempête de la mer.

— Du côté de Bailleul.

Un soldat anglais tout seul traverse le champ vers une petite ferme basse. Il traîne de gros boulets de terre au bout de ses jambes maigres. En approchant de la porte il déboucle son sac.

L'adjudant revient avec les ordres.

— A partir de maintenant, en tirailleurs.

La ligne d'hommes commence à se déployer dans le champ. Ceux qui sont près de la ferme où est entré l'Anglais regardent par la fenêtre. Dans la boue, près de la porte, il y a le sac du soldat et son fusil.

Une route allonge là-bas au fond sa longue procession d'arbres sans feuilles encore, mais ouatés de la légère vapeur verte du printemps. Le jour est levé. On voit le pays par petits morceaux. La terre plate est cachée derrière les bosquets. La prairie mouille les genoux. Derrière la ligne d'hommes l'herbe reste couchée comme par les dents d'un grand râteau. Un haut moulin à vent regarde par-dessus les arbres et signale lentement, à pleins bras, l'avance de ces hommes dans l'herbe.

On a fait la halte à la fourche de deux routes contre un estaminet. La ligne d'hommes s'est pliée contre la maison. Il n'y a plus de rideaux aux fenêtres. Dedans, un petit garçon monté sur une caisse enlève les porte-manteaux en détournant les vis avec un clou. Les murs sont nus. Le comptoir est poussé de biais pour laisser du large à un homme qui met des bouteilles dans une brouette.

— Ça a tout lâché, il dit. Plein d'Anglais qui s'en vont. Ce Boche, il a craqué tout en plein d'un coup. Écoute voir si ça sonne du côté de ce Kemmel.

Les vitres froides tremblent.

De ce côté du ciel battu par la grande voix du canon monte une écume noire. Sur la route, un homme traîne un charreton chargé de matelas; la ridelle balance un panier à salade. Une femme traverse un labour mouillé. Elle emmène ses enfants. L'homme qui traîne les matelas s'arrête. La femme lâche les enfants et refait son chignon.

Un boiteux court en éclaboussant de l'eau d'un seul côté. Une femme serre une poule contre ses seins. Un tombereau emporte une commode les pieds en l'air et un buffet qui tremble en secouant son fronton décloué. Quatre femmes liées l'une à l'autre par des paniers de vaisselle marchent en tenant toute la largeur de la route. Un motocycliste anglais couvert de cuir saute à plein gaz dans les ressauts d'un pré ras.

On traverse un long village désert. Toutes les portes sont ouvertes. Une pendule sonne là-bas dedans. Au bord de la rue une vieille femme est assise dans son fauteuil de grand-mère.

— J'attends, elle dit.

Son petit baluchon est à ses pieds, la queue d'une poêle dépasse.

— Faites passer au bord de la route.

Une auto d'état-major dépasse les soldats. Elle fait sauter sur les coussins un général français, rouge de peau et qui retient son képi à pleines mains.

Au-delà du village on a trouvé le désert, la nuit et le chaud des canons. L'écume noire est là comme un mur. Un long obus s'avance, passe en plein ciel et file vers la mer. Toute l'étendue des prés, des bosquets et des villages gargouille sous le pas des hommes.

— Un beau mortier, dit La Poule, et mélangé par

une sacrée gache qui part de haut. On n'a plus ni droite, ni gauche.

Le vent vient de la mer. Il est froid avec une aigre odeur d'herbe d'eau.

— La pause. Restez équipés.

On est resté longtemps, longtemps. Petit à petit on s'est couché sur la terre. Une ferme flambe là-bas devant et s'éparpille tout doucement dans la nuit, comme une fleur mûre.

— Qu'est-ce que tu as ? demande La Poule.

— Rien, dit Olivier.

Le vent porte une odeur de fèves en fleurs.

Dans la haie, Marsillargues chantonne doucement : « Nous irons écouter la chanson des blés d'or. »

— J'ai une mauvaise lettre, dit Olivier.

A l'aube, sur le ciel rouge, on a vu arriver des hommes avec des caisses et des paquets. Des cartouches, des grenades, du chocolat, du camembert, de grands couteaux de boucherie, des seaux d'alcool.

Le commandant sort du bosquet de saules et marche dans l'herbe. Il vient de rencontrer un officier anglais nu-tête, le casque accroché à la ceinture. Le vieux général qui passait hier en automobile court à travers champs. Ils l'attendent. Ils parlent tous les trois. L'officier anglais montre un coin du ciel. Du bout de sa canne il se met à dessiner par terre. Le commandant et le général sont penchés sur ce qu'il dessine. Le général soulève son képi et se gratte le crâne à pleins doigts.

L'officier anglais a montré un coin du ciel : au bout de son doigt tendu on a vu fumer, là-bas au fond, la carapace sournoise d'une colline.

On repart en colonne par un sur le bord de la route, le dos courbé, le fusil à la main.

La halte, devant un gros village étripé et qui perd

ses boyaux dans les champs. Il est midi. Une femme court toute seule sur la route. De gros obus s'enragent à gauche contre un fragile moulin de bois. Ils éventrent la prairie jusqu'au fond noir des eaux et l'eau jaillit dans les éclats, toute luisante. Un cadavre de cheval bouche le ruisseau.

On attend la nuit. Le capitaine est venu sur ses gros pieds jusque devant Olivier et La Poule. Olivier a sa lettre blanche dans les doigts. Le capitaine s'est planté devant les deux hommes.

— Garçons, il a dit...

Rien de plus n'est sorti de sa barbe par la bouche. Il les a regardés un bon moment. La nuit montait derrière lui avec toute sa nécessité. Puis, son visage n'a plus été éclairé que par le jour métallique de la canonnade.

— Debout!

Et derrière lui on est entré sous le ciel de fer.

— Le Kemmel!

Un morceau de terre sans arbre chavire sous la fumée.

Deux soldats anglais courent, les bras pendants.

— Ici, ici! crie le lieutenant.

Ils font des signes en courant. Ils gueulent des mots étouffés par les coups de ce canon-revolver qui tire dans le clocher du Kemmel.

— Ils viennent de porter des grenades.

— Non, pas par là, ils disent.

— On est tourné.

— En tirailleurs, à la sortie du village.

Un obus souffle en écartant la nuit. Là-dessous un val, des arbres, un parc, un étang, un château; puis la nuit, la retombée de la terre; les branches craquent, les ardoises chantent, l'étang gifle la terre de sa grosse main boueuse.

— Creuse, dit La Poule.

Il s'est couché près d'Olivier.

Une barre de flammes et d'éclats frappe par là derrière sur le village et sur les champs, comme la barre d'un fléau.

La nuit vole en pailles de soleil.

— Ils vont venir, dit La Poule.

— Non, dit le lieutenant couché la bouche dans la terre, les Anglais tiennent encore là-devant.

La voix du capitaine sort de la nuit.

— En avant!

On saute. Une haie basse frappe dans les ventres.

— Halte! dit le lieutenant. Liaison!

— Voilà! dit Barnous.

— Le capitaine?

— Parti par là-devant.

— Avance, va voir.

Barnous revient en courant.

— Mon lieutenant! A cent mètres, les Anglais. Ils m'ont demandé : « French? » J'ai dit « Oui! »

— Et de ce côté?

— Rien. Des fils de fer. On peut pas passer.

— Français? demande une voix dans l'ombre

C'est un officier anglais. Il explique lentement en cherchant ses mots : A droite; trois cents mètres; un bataillon français.

— Alors, en avant à droite!

Le talus d'une route.

— Ici, commandant Douce.

— Ici, lieutenant Reynaud, sixième compagnie, mon commandant.

— Vous savez où on est?

— Non, mon commandant.

— Enfin, qu'est-ce qu'on fait? Où va-t-on? A droite? Devant? A gauche? Où sont les lignes? Ici?

230

Votre capitaine ? Où est votre capitaine ? Quelle heure est-il, Monsieur Reynaud ?

— Neuf heures, mon commandant.

— On devait attaquer à sept, alors ?

— Il y a des tranchées vides, là-devant, dit Barnous.

— Quoi ? Que dit-il ? demande le commandant. Eh bien ! Allons-y ; c'est peut-être là.

Le jour est venu tout d'un coup. Le mont Kemmel fume de tous les côtés comme une charbonnière. On est le long d'une route de saules : des saules déjà touchés de printemps ; des bourgeons de belle amitié qui s'ouvrent.

Les balles claquent dans les branches ; la peau d'herbe est toute blessée. L'étang doucement s'en va, on le voit s'en aller dans les trous et puis s'enfoncer dans la terre.

Des vols d'obus passent, s'abattent, sautent, arrachent des branches, rugissent sous la terre, se vautrent dans la boue, puis tournent comme des toupies et restent là. On creuse à la pelle de trou à trou. On a tout le temps dans les jambes cet étang qui veut s'en aller, et qui coule tantôt d'ici, tantôt de là, sans savoir. On le repousse, on le frappe, il revient, il geint. On le frappe à coups de pelle. Un obus se plante là tout près. On se couche sur l'étang et, tout de suite, il se met à lécher l'homme tout du long, des genoux à la figure avec sa langue froide.

Là-haut, à trois cents mètres, on voit le moulin. Un peu à gauche, un petit tas de pierres. C'était un pigeonnier.

— En voilà un, en voilà un ! crie Jolivet. (Il y a un homme dans ce tas de pierres ; on vient de le voir se dresser. Il s'est découvert jusqu'au ventre)... La vache ! Donne un fusil que je le règle.

L'homme apparaît. Jolivet tire.

Au bout d'un moment l'homme se montre encore. Jolivet tire.

Au bout d'un moment l'homme se montre encore.

On a attaqué à la fusée comme une poignée de feuilles.

Jolivet n'a pas crié : il a porté sa main à son front au moment où son casque sautait et il est tombé dans la direction du tas de pierres.

L'aspirant Grivello grimpe d'un saut de chat; il reste un moment courbé; il se redresse.

— En bas, en bas!

Un grand coup dans le ventre le casse. Il ouvre comme des ailes ses deux bras rouges de sang.

Flachat coule dans le trou comme du linge mouillé.

— Là!

Il touche son flanc :

— Regarde!...

— Non, le bord... Mets ta main, file...

Charmolle vomit du sang et du vin. Il fait deux pas. Il s'arrête pour regarder ce qui a coulé de sa bouche. Des coups de fusil le suivent.

— Le capitaine? Le capitaine?

C'est un agent de liaison du commandant.

— Attaquez! Attaquez! Dis-leur attaquez!...

Deux Anglais courent vers la houblonnière en faisant des crochets comme des lapins : un roule en boule et reste là; l'autre court.

— Lieutenant Reynaud, c'est moi qui commande. Le capitaine est tué!

L'agent de liaison ne bouge pas . il est accroupi; dans l'étau de ses jambes et de ses poings il serre un bidon de gnole. Il a la tête trouée. Un long fil de bave et de sang pend de sa bouche.

Olivier lance la grenade.

232

— Han!

— Couche-toi!

Deux mitrailleuses déchirent les hommes et la terre à coups de griffes.

— En avant!

Le lieutenant court tête baissée. Il plante sa tête dans la terre. Il reste là. Au bout d'un moment, il se tord et il s'allonge, face au ciel, bouche ouverte.

Le caporal vient en rampant !

— Toi, qui tu es?

— Barnous!

— Bon, c'est moi qui commande et toi, qui tu es?

Il tâte les hommes au plein de la poitrine dans le harnais :

— Fais passer à ceux-là, là-bas dans le trou.

— C'est des morts.

— En avant!

Olivier ne bouge plus. La mitrailleuse pioche à côté de lui... Un peu de calme. Le vent emporte une touffe de cris et de coups de pétards.

Le reste du 140 qui attaque à droite.

Il y a un tout petit brin d'herbe là-devant; d'un grand coup de poignet, Olivier glisse vers lui.

D'ici il voit un corps comme une montagne : le dos d'un homme.

— La Poule?

Ça ne respire pas. C'est trop au-dessus du sol, ça doit être mort.

Il rampe à l'abri de ce corps. Il tire la capote. Oui, c'est mort. L'homme se renverse sur lui et dégorge un caillot de sang. C'est le caporal. Sa barbe est déjà une chose de la terre.

Olivier rampe. Il appuie sa main dans un paquet de viande froide. Le capitaine.

Il est là ouvert et vide. Il mord sa main.

— Garçons!... il avait dit.

— Oh! crie un homme debout dans le champ.

Debout, si grand qu'il va là-haut jusqu'au ciel.

— Chabrand! dresse-toi, c'est fini...

Olivier se dresse lentement et regarde :

— Quoi? C'est fini?...

Il est debout à côté de La Poule. Un autre homme vient là-bas en enjambant les morts. C'est Barnous...

Oui, c'est fini. Le grand calme. Plus de bruit. Il y a tout d'un coup tellement de silence qu'on entend marcher la fumée.

— Qu'est-ce que c'est? demande Olivier.

— Voilà, dit Barnous. Il montre avec la main ce morceau de terre, cette crête du Kemmel où ils sont et qui flotte doucement dans le ciel avec son poids de morts. On est plus que trois.

En bas, dans le val, des hommes gris courent au milieu de l'herbe.

— Ils attaquent!

Ils attaquent sans barrages, sans mitrailleuses, sans coups de fusils. Tout le pays est déblayé devant eux.

Rien que des morts, de la terre déchirée, des villages en feu Un cheval fou tout empêtré dans ses guides danse dans un pré.

De tous les trous, de tous les vals, sur le large déploiement de la plaine qui va vers Bailleul, suinte et coule dans l'herbe le grand front de troupeau des autres.

— A la route, crie La Poule.

La fumée des incendies se couche le long de la terre. Un soldat français déséquipé sort en courant de la fumée. Un torrent de petites braises crépitent emportées par l'air épais.

— Barnous!

— Chabrand!

Ils sautent de trou en trou.

A deux cents mètres derrière eux, la première vague des hommes gris avance dans l'herbe. Ils sont fatigués. Ils portent le fusil bas à bout de bras.

Ils entrent dans le village.

— A la route, crie Barnous, on est sauvé!

La route est là à cent mètres, pomponnée d'arbres et filant droit d'un bosquet à une ferme. Il pleut tout doucement. Quatre avions à croix noire sortent des nuages. Ils descendent comme des hirondelles jusqu'à raser la terre avec leurs ventres. Ils tirent à la mitrailleuse quelques coups comme des claquements de bec.

— Soufflons, dit La Poule.

Un terrible éclair écarte la haie, là-devant. Un départ.

C'est une batterie anglaise : des roues, des tronçons de tubes, des douilles vides, des obus comme des cocons de chenilles; des chevaux éventrés, le cou tordu; des hommes, la face contre la terre; des visages noirs qui mordent le ciel; une jambe, de la chair en bouillie, de la cervelle d'homme sur une jante de roue.

Au milieu de tout ça, un canon tire. Il est servi par deux artilleurs nus jusqu'à la ceinture. Ils marchent sur le cadavre de l'officier. Pour relever l'obus à deux ils écrasent le visage de l'officier sous leurs gros souliers.

Un obus éclate sur la batterie, on ne l'a pas entendu venir. Barnous penche la tête. Il essaie de toucher sa tête avec sa main, son bras ne va pas plus haut que l'épaule et retombe doucement. Il se renverse sur Olivier.

Un jet de sang fuse de sa tête étoilée.

— A la route!

La route est comme un ruisseau mort. Elle est sous la pourriture de voitures, de chevaux crevés et d'hommes; des canons dans les fossés, des mitrailleuses, des tôles éventrées, des tonneaux de bière, des caisses de galettes, des pains de sucre, des sacs de tabac.

— A travers champs!

Deux fois déjà Olivier s'est arrêté de courir pour regarder à ses pieds. Qu'est-ce qui coule là, entre ses jambes? Et partout dans le pré, dessous l'herbe, comme de l'eau d'arrosage, et si épais qu'on en voit les sillons? Des rats! des flots de rats! Les rats de tous ces murs en flammes, de tous ces greniers éventrés; les rats des villages écroulés; des rats de la bataille et des morts, renversés en large eau noire par le chavirement de la terre.

Là-bas ils sortent du pré, dépassent le talus et tremblent, luisants comme de la poix, dans tous les creux des labours.

Une voiture folle, sans conducteur, saute au milieu des terres, tirée, bride abattue, par le plein galop de deux chevaux blancs. Elle se penche, elle rase l'herbe des ridelles, elle se couche de babord, elle se renverse enfin dans l'éclatement d'une fumée de terre et d'eau. Sa roue en l'air tourne encore à toute vitesse; les deux chevaux, couchés dans les brancards continuent à galoper sur le ciel, à écraser du ciel à pleins sabots.

— Ho! crie La Poule en dressant le bras.

Ils s'arrêtent de courir. Le ciel et la terre viennent de trembler en grondant. Un arbre terrible de fumée et de feu lance sur les hommes l'ombre immense de son feuillage. La batterie anglaise vient de sauter.

Là-bas derrière, au fond, les Allemands débordent du village. Un nuage, comme une main, danse au-dessus, tous les doigts écartés, elle ébranle et arrache des touffes de ciel; les fusées tombent comme des étoiles.

— A gauche, à gauche! crie Olivier.

Devant eux, trois chevaux lourds trottent dans

l'herbe, des chevaux de labour échappés; une petite jument nue et luisante dansote devant son poulain elle voit les hommes, elle les attend. Elle vient, devant La Poule, baller de la tête, rire et trotter dans son pas. Le poulain danse de biais contre Olivier.

Dans toutes les fermes éventrées les bêtes ont coulé. Elles sont là massées à la lisière des bosquets, ou sous les saules, ou dans les arbres, ou à faire leurs petits pas tremblants sous le couvert.

La Poule, Olivier, la jument, le poulain, les trois chevaux de labourage, tout ça entre à la trotte dans ce côté gauche du pays; et toutes les bêtes se lèvent et courent vers les deux hommes.

— En avant, Chabrand, en avant!

Olivier a jeté sa capote, sa veste; sa chemise déchirée bat le long de ses bras comme des ailes.

— En avant! En avant, ça va?

— Ça va!

Un bouquet d'obus fusants déchire les nuages.

— Pouline! crie Olivier.

Il se jette à la tête du poulain et il le couche avec lui.

— En avant, maintenant!

Une large ferme crête la pente des prés.

La Poule, monté sur un gros cheval, marche vers les arbres, devant les moutons et les chèvres. Olivier guette la jument. Elle esquive des reins; elle galope deux sauts de galop vers la ferme, elle coule vers la ferme dans toute sa crinière échevelée. Olivier court derrière elle.

Elle est là immobile, plantée des quatre fers dans l'herbe et tout son corps est en recul. Elle regarde par terre en soufflant. Olivier s'avance doucement.

C'est une ferme à petit auvent, couverte de glycine sur toute sa façade. Elle bave de la laine à matelas par sa porte dégoncée. Contre le mur, une jeune femme est allongée, les seins à l'air, la tête fendue par un gros éclat d'acier.

Olivier s'avance lentement, la tête penchée. La jument souffle, elle regarde une grande touffe de menthe. Une truie est là qui fouille dans la terre, et arrache, et mange. Elle a le groin plein de sang.

— Hé là! crie Olivier.

La truie relève la tête, elle mâche de la viande. Elle regarde Olivier avec ses petits yeux rouges; elle plisse le mufle; elle montre ses grandes dents comme un mauvais chien. Olivier fait encore deux pas. La jument tape du pied dans l'herbe.

Un enfançon nu et mort est sous le pied de la truie. Elle lui a arraché une épaule, elle a mangé sa poitrine. Elle se penche sur le petit ventre encore blanc; elle mord dans le ventre; elle bouffe à pleine bouche pour avaler les boyaux de l'enfant.

Olivier a mis la main à la poche. Il ne peut pas crier. Il tremble dans tous ses os. Il tire son grand couteau du pays : le couteau du pain et du fromage. Dès ses doigts serrés sur la corne, il ne tremble plus.

La truie le regarde. Elle fait un pas vers lui. Elle gronde. Il est muet. Il serre le couteau. Elle s'avance. Il attend. Il saute sur la bête. Il frappe; le couteau entre d'un seul coup. Le sang gicle dans ses doigts serrés. Il est sous elle. La truie le boule de la tête en pleines jambes et le renverse. Elle plante ses dents dans son épaule. Il tire le couteau; il frappe dans le cou de la bête, encore, comme s'il piochait, encore dans le cou; la chair qu'il frappe geint comme de la braise à l'eau. A pleine force. Dans le ventre, à tour de bras. Il est aveuglé de sang, couvert de sang, de grondements et de râles et il frappe de toutes ses forces; il a les yeux gluants de sang; il voit luire le couteau et il frappe.

La jument danse autour d'eux en faisant jaillir des

mottes de terre. Enfin, à deux mains, il déchire toute la gorge de la truie.

Il est resté un moment étendu à pomper de l'air à pleins poumons. Au-dessus, le ciel, un peu de bleu de ciel, et un nuage tout léger qui coule lentement. La paix! La paix!

Il se redresse. La truie crevée se vide dans l'herbe; il regarde les glycines, la femme morte, la jument.

Il est couvert de sang. Il fait rouler son épaule; ça va, juste la peau écorchée. Il appelle la jument :

— Petite, petite!

Elle vient toute frissonnante. Elle s'arrête devant lui; il saisit une pleine poignée de cette crinière et appuyé sur la bête, il sort de la cour, vers les prés.

La Poule revenait sur un gros cheval noir; Olivier descendait les prés appuyé sur la jument blanche.

— Blessé? crie La Poule en levant les deux bras.

— Non, fait Olivier avec sa tête.

Il a la bonne chaleur frémissante de la jument contre son flanc.

— Je me suis battu avec une truie, elle mangeait un petit.

— Vite, dit La Poule, faut galoper. Ils ont dépassé Remingelst : ils sont de là, de là, de là!

Des franges de feu mangent le jour de trois côtés.

Du haut des chevaux, Olivier et La Poule voient le pays désert.

Des granges enflammées saignent une épaisse fumée rousse. Les champs de fèves chavirent comme pour renverser leur poids de fleurs dans les canaux et les rigoles.

Des oseraies se penchent vers les fonds de la terre. Steenvorde fume et craque dans l'écrasement de ses maisons. Au-delà de la petite ville une onde noire de fuyards et de bêtes à la course écume dans les ondulations des champs.

Un avion qui roule, bord sur bord, troue les nuages et tombe ailes en croix, dans la saulaie. De gros obus fouillent un pré noir sur la droite. Le clocher de Steenvorde s'écroule, la cloche sonne en rebondissant dans les décombres.

— Au galop!

Couchés sur les bêtes, ils se laissent emporter à travers les arbres, le feu, et les jaillissements de la terre.

Au-delà de Steenvorde ils ont abandonné les chevaux. Olivier a laissé du sang sur la jument blanche.

— Allez, petite, il dit en lui tapant sur la croupe.

Elle saute avec son poulain. Le gros cheval la suit. Deux moutons cachés dans les haies trottent derrière les bêtes.

Olivier et La Poule marchent dans le pré, droit devant eux, vers la petite bosse du Mont Cassel. Les Allemands sont encore loin là-bas, derrière Steenvorde. Ici toute la terre est maintenant large ouverte. C'est tout nu.

Un curé traverse la route en portant une pendule. Un canon anglais passe au grand galop, les chevaux fouettés par les artilleurs français. Un colonel sans capote et nu-tête fait ses grands pas dans l'herbe. De sa main gauche il tient une boîte de sardines ouverte. Il trempe le pain dans l'huile et il pompe à pleine bouche. Un officier anglais, penché derrière un arbre, allume sa pipe à l'abri. Tout ça s'en va vers le Mont Cassel.

Olivier et La Poule portent maintenant le poids de cette heure lourde d'après-midi. Sur toute l'étendue de la terre les Allemands avancent sans bataille. Il n'y a plus de bruit, sauf ce lourd roulement des masses d'hommes en marche dans les herbes, les pierres et les arbres.

240

— Cette fois, ça a tout craqué, dit La Poule.

Olivier a eu un petit sourire blême, juste au coin de la lèvre.

— Tant mieux! que ça finisse...

Et, tout par un coup, là-devant, pendant que les arbres se couchaient sous la musculeuse fumée rouge qui écarte le ciel de la terre, tout s'est mis à bruire, à luire et à craquer.

— Vers la gauche en ligne, en tirailleurs, à deux pas!

Des chasseurs alpins propres, roses, frais, tout neufs, se déploient dans un bruissement de fer en sortant des houblonnières; ils ont la baïonnette au canon; libres de tout sac, des grappes de grenades pendues à la ceinture ils marchent, allègres, en levant haut les jambes dans l'herbe mouillée.

— Vers la gauche, en ligne!...

Une autre écume de soldats roule dans les champs. Des fantassins bleus débordent de tous les bosquets. Olivier dresse ses deux bras nus.

Sur cent mètres de large, une grande batterie anglaise s'avance au galop; tout est neuf : hommes, canons, chevaux; le poil étrillé luit comme de l'huile.

Un bouquet d'avions rouges fuse de derrière Cassel et s'enfonce dans la fumée.

Des lanciers à turbans et à écharpes flottantes galopent dans un claquement d'étoffe.

— La marmelade! dit La Poule en serrant les dents.

— Vers la gauche, en ligne!

Le bosquet vomit des colonnes massives de chasseurs alpins. En arrivant dans le champ elles s'ouvrent à la mécanique par la charnière et, déployées, elles s'avancent en râtelant tout devant elles.

— Vers la gauche, en ligne!

— En tirailleurs!

— Batterie! Batterie!

— En avant!

— Si tu crois que ça va finir, dit La Poule.

Assis sur un tas de fumier, un Écossais joue de la cornemuse.

— Quel régiment? demande un sergent de chasseurs en passant près d'Olivier.

— 140.

— Beaucoup de morts?

— Tous...

Des joueurs de fifres marchent à reculons devant un régiment anglais. Ils jouent un air lent et acide derrière les peupliers. La musique empoigne les soldats par le milieu du ventre, au croisillon des harnais et les tire en avant. Ils vont, pesants comme des bœufs, la tête basse, en se regardant les genoux. Quand ils sont bien lancés, dans leur vitesse, les joueurs de fifres s'esquivent, laissent passer la troupe et suivent par derrière.

Un tambour roule, régulier comme le flux d'une eau; un brasier de clairons crépite derrière les murs d'une ferme, des coups de cornet arrachent, d'un champ labouré, un peloton de Belges à longues capotes; des trompettes de cavalerie passent, à toute vitesse, de l'autre côté des arbres. Les chevaux hennissent; la jument blanche d'Olivier, folle et libre, galope toute nue derrière les dragons. Un grand éventail de batteries de canons se déploie à perte de vue, embarrassé d'arbres et de fermes jusqu'au fin fond de la plaine.

L'infanterie anglaise monte épaisse comme un ruisseau de boue, et le troupeau bleu des soldats français glisse à la crête des herbes, vers les collines et la fumée.

— A l'abattoir! dit La Poule...

Au fond de l'horizon, dans cet endroit où le ciel se mélange avec la terre, les mitrailleuses commencent à grésiller comme de l'huile à la poêle.

DIEU BÉNISSE L'AGNEAU...

Julia était là, contre la porte des Gardettes; elle n'osait pas entrer.

De la chambre éclairée est venu un long gémissement : long, long! et qui prenait de la force à mesure...

Alors, Julia est entrée simplement. Elle a étendu sa main devant elle en salutation, et puis aussi en défense contre Olivier qui s'est dressé d'un coup en renversant sa chaise.

— Reste tranquille, a dit Julia. Ça devait finir. Joseph a eu plus de sens que toi. Il m'a dit : « Vas-y, et que ce soit fini! »

— C'est trop tard, dit Olivier les dents serrées.

La longue plainte suinte le long des escaliers.

— Entends, dit Julia; il n'est pas trop tard, laisse-moi!...

— Entre, Julia, dit le grand-père; le chaudron est là-bas, et voici le sel. Prépare tout comme chez toi. Et toi, garçon, assieds-toi; laisse-la, elle a raison. Ça n'aurait même pas dû venir du Joseph en premier, ça aurait dû venir de toi. Pour le cœur, on n'a jamais rien trouvé à redire aux Chabrand. Assieds-toi!

— Merci, papé, dit Julia.

Elle décroche le chaudron; elle le pend au plus bas du crochet; elle bourre le feu avec les bruyères sèches des vers à soie; elle souffle; la flamme part au grand galop.

— Allez, allez, dit Julia, et elle souffle à pleine bouche.

— Monte un peu là-haut, Julia, dit le papé. Va voir si on a encore un moment, ou quoi? Il faut que j'aille au piège à renards. Ça a glapi tout à l'heure.

Julia redescend :

— Une heure, elle dit, dans les environs; et ça va bien, elle est vaillante...

— Alors, je fais un saut jusque là-bas, dit le papé.

De l'autre côté de l'âtre, sous la fenêtre ouverte au large de la nuit d'été, une enfant dort dans une corbeille. Sa grosse tête pèse sur le coussin. Elle a rejeté les couvertures : deux jambes grêles pendent de la corbeille, deux jambes mortes. Olivier regarde ces deux jambes.

— Celle-là, il dit, elle portera toujours la marque!

— La marque des temps, dit Julia à genoux devant le feu.

— La marque de votre méchanceté, dit Olivier.

Julia se redresse, elle a, des bras, ce geste las de celle qui lutte contre une chose écrite.

— Pas de moi, elle murmure.

Olivier regarde les pauvres petites jambes.

— Je sais, Julia, il dit au bout d'un temps. Elle m'a dit... Je sais que pour toi, c'est parti d'un bon cœur, et du sentiment de l'aide. Tu as fait dans le mauvais sens voilà tout.

— Que faire, Olivier? On était toutes sans aplomb. Et qui t'a écrit la lettre?

Olivier relève la tête vers Julia. Il la regarde. Elle est devant lui comme au jugement.

— Je te remercie, Julia...

244

On n'entend plus que l'eau qui bout dans le chaudron.

— Je te remercie. Ça a fait que j'ai pu les sauver toutes deux. Ça a fait que j'ai pu peut-être tous vous sauver.

Regarde, Julia!

Il tend vers elle sa main droite. Il l'ouvre. Il n'a plus que trois doigts : le pouce, l'index, le petit; le milieu de la main est crevé comme par un coup de charrue.

— Le soir du Kemmel! il dit. Tu ne sais pas. On ne sait pas. Je vais te dire à toi. On était deux. Ça avait tout recommencé. On a vu dans la nuit de la lumière sous une charrette renversée. Il y avait une toile de tente entre les roues, et de la lumière là-dessous. On s'est approché. On a entendu des gens qui disaient

— Alors, comment ça va chez toi?

— Pas trop bien, j'ai reçu une lettre. Le petit a la rougeole, la femme est pas forte. Elle fait des ménages.

— Bois un coup, va, ça passera.

Alors, moi j'ai regardé par la fente de la toile. Il était seul là-dedans. Il n'y avait qu'un homme là-dedans Il parlait avec ses soucis. Il se versait du vin...

Olivier dresse son index solitaire.

— ... Il se battait pour sa bataille. Ah! l'autre de bataille, elle avait recommencé, là autour. C'était pas la nôtre, ni à lui, ni à moi.

Ni à personne!

Alors, écoute, Julia, écoute bien. Oh! ça s'est fait de naturel, sans grande chose. Ça s'est compris tout large écrit. On a marché dans la nuit avec l'autre; on lui disait « La Poule ». J'avais ta lettre et je lui ai dit : « Elle est enceinte, et, à coups de pied dans le ventre... c'est la belle-sœur qui m'écrit. Comme celui-là, là-bas, sous la charrette. » Alors, écoute, voilà je te le dis, tu seras seule à savoir, regarde ma main. Je suis entré dans un trou d'obus. La Poule s'est mis, là-bas, dans un autre trou d'obus à dix mètres, avec un fusil. Moi j'ai allumé mon briquet : j'ai dressé ma main avec le briquet allumé, au-dessus du trou et il m'a tiré un coup de fusil dans la main.

— Face de dieu! crie Julia.

— Oui, il le fallait. Pour tous.

— Alors, voilà dit le papé en entrant, voilà ce qu'il a laissé.

Il jette sur la table une patte de renard.

— Le piège s'est serré là. Lui, il a craqué l'os dans ses dents. Il s'est quand même arraché du piège. C'est du courage!

Sur la table nue de la cuisine, Julia a préparé le tas de gros sel : ce tas tout blanc, tout sec, tout vivant de sa sécheresse et de son esprit. On en lavera l'enfant nouveau, tout à l'heure. Olivier le regarde. Un jour, ça a représenté devant lui tout ce qui restait d'un homme...

Une voix demande à la porte :

— C'est toujours les Chabrand ici dedans?

— Toujours, répond le papé en se tournant d'un coup. Toujours. D'où il est celui-là?

Un homme entre, il tire son chapeau.

— Celui-là, il dit, il n'est pas d'ici, mais il s'est souvenu des Chabrand. Compagnie, bonsoir!

Il salue avec sa main dressée.

— C'est un berger, dit le papé qui a vu la houppelande roulée et le grand bâton.

— Non, dit l'homme, c'est pas un berger, c'est le berger.

Le papé appointe ses yeux sous ses sourcils.

246

— Thomas! je te reconnais.

— Hé oui, dit Thomas, c'est moi, en viande. Tu te trompais sur ma belle veste?

— Non, Thomas. Assieds-toi, débarrasse-toi. Tu es à ta maison ici; non, c'est pas la belle veste qui me faisait tromper, c'est le temps d'entre nos rencontres qui était trop épais. Mais, sûr, depuis cette fin de guerre je t'attendais. Déjà l'autre an, à la montée des troupeaux, je me suis dit : « Si Thomas est encore vivant, il reviendra chercher son bélier. » Après, j'ai cru que tu étais mort.

— Non, je ne suis pas mort, dit le berger, je peux pas mourir en Crau, moi.

Il reste un moment, sans rien dire, à épousseter doucement, du bout de sa main ligneuse, la bourre bleue de sa veste propre.

— C'est pour ça que je monte. La dernière fois.

— Dernière de cet an, dit le papé avec un sourire.

— Dernière, Chabrand, dit le berger. Plus de jambes, plus de souffle, des mots qu'on oublie, le commandement qui pourrit, comme de la pluie morte. J'ai dit au maître : « Je voudrais un effet de votre bonté. Faites-moi monter à la montagne; pas comme baïle, je suis trop vieux, pour suivre tout simplement ». Il m'a dit : « Tu seras soigné, ici! » Puis il a compris. « Ça va, Thomas, monte » et il m'a touché la main. J'ai dit adieu à la demoiselle, à la dame, au petit de la fermière; j'ai rattrapé le troupeau à Salon..., me voilà.

— Payer, mourir! on a le temps, dit le papé.

— Pas toujours le temps de mourir propre, dit le berger. Faut profiter.

— Julia, puisque aussi bien tu es maîtresse ce soir, donne le verre. C'est dans le placard de droite, la bouteille à panses.

Ils se sont mis debout tous les trois.

— Un bel homme! a dit le berger en posant sa main sur l'épaule d'Olivier.

Julia leur a donné des verres; elle a rempli les trois verres dans l'ordre : le berger, le papé, Olivier. Ils sont là, l'eau-de-vie tremble dans leurs mains.

— A l'amitié! dit le papé.

Le berger regarde autour de lui : Julia, Olivier, la corbeille d'où dépasse la tête d'Amélie-Jeanne.

— Tu sais que ça s'est peuplé ici!

— Ça n'a pas été faute de souffrir, dit le papé.

— Chabrand, on fait la vie avec le sang!

Une grande plainte à pleine voix descend des chambres. Une longue épine en voix de femme, de quoi déchirer le monde entier.

— C'est donc pas celle-là, ta bru? dit le berger en montrant Julia.

— Non, la mienne elle est là-haut en travail.

— J'ai compris. Ce gémissement-là, grand-père, je le connais. C'est le gueulement de l'espérance. Ne fais pas attention. Moi, des fois, je dis des choses comme ça. On me prend un peu pour un fou.

Il se tourne vers Olivier.

— Garçon, il dit, si tant est que ce que je vois là-bas est une fille, je te souhaite un fils tout à l'heure, un comme toi, pas plus, pas moins. C'est là-dessus qu'on peut bâtir.

— Julia, Julia! crie la mère dans l'escalier, monte vite, c'est le moment.

— Viens, toi, dit le papé en prenant Olivier aux épaules, viens berger, on va voir ton bélier en attendant.

On ouvre la porte de l'étable. Olivier hausse la lanterne :

248

— Arlaten! appelle le berger.

Et, tout de suite, le bélier a répondu à cette voix avec son chant d'amour enroué. Du milieu de cette ombre luisante où danse la vapeur des feuilles pourries et du suint, on a vu arriver la bête à pas timides jusqu'aux lisières de la lueur. La lumière est allée dans la grande tempête de laine de ce poil roux; elle s'est appuyée sur ce tourbillon marin des larges cornes; la bête est là, dans la presque nuit comme sous les enlacements vivants de la mer.

Lentement le berger se met à genoux dans la paille.

— Je te retrouve, il dit à voix basse. Viens, mon petit, viens, beau comme le jour, ô frisé! ô toi d'Arles! ô toi qui faisais peur aux troupeaux de thons quand je te menais paître le sel aux plages. Mon beau soleil! Maintenant, si tu sortais de ton bain dans la mer on crierait : « Le voilà celui qui arrive d'Égypte! »

Le bélier s'approche. Il a tourné sa tête pour placer ses cornes. Il a mis son museau sur le cou du berger. Il souffle son grand souffle avec, de temps en temps, un ronflement de joie.

— Tu l'as bien soigné, dit le berger.

— Merci, dit le papé.

— Mieux que moi.

— Non, pas mieux que toi. C'est une bête affectueuse, vois sa famille là, tout autour. Il devait t'attendre. Il nous laisse quatre brebis pleines en salutation.

Le berger se redresse.

— Chabrand, là, dans ta paille, avec mon bélier contre moi, j'ai senti doucement la mort froide. Tu te souviens de ce temps où je te l'ai laissé? Moi, je me souviens, parce que tout ça s'est marqué en fer chaud. Tu m'as dit : « Merci de me faire voir ta pitié. » Souviens-toi, papé. Tu me croyais dur. Et moi je croyais bien faire, on a toujours trop peur de la faire voir, sa pitié. C'est la triste vérité. On ne doit jamais mener le troupeau pour le massacre où je l'ai mené, sur les routes. Mieux vaut renier les hommes. Ah, laissons!...

On crie du côté de la maison des « Olivier! » des « Papé! » des « venez! » des choses de joie dans le bruit des feuilles; la mère a ouvert la fenêtre et appelle; même, la petite voix saine de Madelon appelle aussi du fond de la chambre.

— On y est, dit le papé.

Il demande aux femmes à travers la nuit :

— Entier?

— Beau! on lui répond.

— Renvoie-moi, dit le berger, je te rendrai grâces. Vous avez maintenant le souci de la joie.

— Reste, berger, dit Olivier, c'est moi le père de l'enfant qui t'en prie. Nous avons eu du malheur d'abord : la petite que tu as vue n'a pas sa vie de jambes. Peut-être cette fois le bonheur va entrer dans la maison. Reste, tu donneras ce que tu sais.

— Volontiers.

Julia est là sur le seuil. Elle porte un plein tablier de quelque chose.

— Qu'est-ce que c'est? demandent le papé et Olivier ensemble.

— Un gros garçon.

— Fais voir.

Elle ouvre son tablier à largeur de bras et l'enfançon est là-dedans, couché tout nu sur une poignée d'herbe.

Le papé met la main sur cette petite chair neuve encore, pleine de sang dans les plis; il palpe à pleins doigts la figue d'entre-jambes.

— Oui, c'est bien un homme, il a tout.

Le bélier s'avance et vient reconnaître l'enfant comme un agneau.

— Laisse-le, dit le berger. C'est bon signe quand les bêtes sont là pour les naissances. Une bête de plus sur la terre. Alors, garçon, tu veux que je te fasse les présents des bergers?

— Oui, dit Olivier. Donnez-les-lui. Mettons toutes les chances de notre côté.

Le berger prend l'enfant dans ses bras en corbeille.

Il souffle sur la bouche du petit.

— Le vert de l'herbe, il dit.

Il souffle sur l'oreille droite du petit.

— Les bruits du monde, il dit.

Il souffle sur les yeux du petit.

— Le soleil.

« Bélier, viens ici. Souffle sur ce petit homme pour qu'il soit, comme toi, un qui mène, un qui va devant, non pas un qui suit.

Et maintenant, à moi.

— Enfant, dit le berger, j'ai été pendant toute ma vie le chef des bêtes. Toi, mon petit, par la gracieuseté de ton père, je viens te chercher au bord du troupeau, au moment où tu vas entrer dans le grand troupeau des hommes, pour te faire les souhaits.

Et d'abord, je te dis : voilà la nuit, voilà les arbres, voilà les bêtes; tout à l'heure tu verras le jour. Tu connais tout.

Et moi, j'ajoute :

Si Dieu m'écoute, il te sera donné d'aimer lentement, lentement dans tous tes amours, comme un qui tient les bras de la charrue et qui va un peu plus profond chaque jour.

Tu ne pleureras jamais la larme d'eau par les yeux, mais, comme la vigne, par l'endroit que le sort aura aillé et ça te fera de la vie sous les pieds, de la mousse sur la poitrine et de la santé tout autour.

Tu feras ton chemin de la largeur de tes épaules.

Il te sera donné la grande facilité de porter souvent

le sac des autres, d'être au bord des routes comme une fontaine.

Et tu aimeras les étoiles!

— Brave, dit sourdement le grand-père.

— Il va prendre froid.

— Laisse, femme, laisse. Il faut que nous lui fassions voir tout de suite ce que c'est, l'espérance!

Le berger hausse l'enfant à bout de bras, au-dessus de sa tête. Le bélier ronronne vers l'horizon d'entre ses grandes cornes épanouies. Et, comme sous ce ronflement d'amour, la nuit là-bas s'éclaire :

— Saint-Jean! Saint-Jean! crie Julia, regardez!

L'étoile des bergers monte dans la nuit.

PREMIÈRE PARTIE

DEUXIÈME PARTIE

TROISIÈME PARTIE

DU MÊME AUTEUR

L'IRIS DE SUSE, 1970 (Folio nº 573)

LES RÉCITS DE LA DEMI-BRIGADE, 1972 (Folio nº 3351)

LE DÉSERTEUR ET AUTRES RÉCITS, 1973 (Folio nº 1012)

RONDEUR DES JOURS (L'EAU VIVE, I), 1973 (L'Imaginaire nº 316)

L'OISEAU BAGUÉ (L'EAU VIVE, II), 1973 (L'Imaginaire nº 332)

LES TERRASSES DE L'ÎLE D'ELBE, 1976 (L'Imaginaire nº 340)

FAUST AU VILLAGE, 1977

ÉCRITS PACIFISTES : *Refus d'obéissance – Lettre aux paysans sur la pauvreté et la paix – Précisions – Recherche de la pureté*, 1978 (Idées nº 387)

FRAGMENTS D'UN PARADIS (Les Anges), 1978 (L'Imaginaire nº 20)

LE PETIT GARÇON QUI AVAIT ENVIE D'ESPACE, 1978 (Folio Cadet nº 317)

LA FEMME DU BOULANGER suivi de LE BOUT DE LA ROUTE et de LANCEURS DE GRAINES, 1979. Nouvelle édition de l'ouvrage paru en 1943 sous le titre *Théâtre* (Folio nº 1079)

ANGÉLIQUE, 1980

ŒUVRES CINÉMATOGRAPHIQUES, TOME 1 : 1938-1959, Cahiers du Cinéma / Gallimard, 1980

CŒURS, PASSIONS, CARACTÈRES, 1982 (L'Imaginaire nº 398)

DRAGOON suivi d'OLYMPE, 1982 (Cahiers Giono nº 2)

L'HOMME QUI PLANTAIT DES ARBRES, 19830 (Folio Cadet nº 180 ; Folio Cadet Livres-CD nº 3)

LES TROIS ARBRES DE PALZEM, 1984 (L'Imaginaire nº 527)

DE HOMÈRE À MACHIAVEL, 1986, Cahiers Giono nº 4. Nouvelle édition en 1997, Les Cahiers de la NRF

MANOSQUE-DES-PLATEAUX suivi de POÈME DE L'OLIVE, 1986 (Folio nº 3045)

LA CHASSE AU BONHEUR, 1938 (Folio nº 2222)

ANGELO – LE HUSSARD SUR LE TOIT – LE BONHEUR FOU, 1989, Biblos

ENTRETIENS AVEC JEAN AMROUCHE ET TAOS AMROUCHE, 1990

PROVENCE, 1993 (Folio n° 2721)

DE MONLUC À LA «SÉRIE NOIRE», 1998, Cahiers Giono n° 5, Les Cahiers de la NRF

ARCADIE... ARCADIE... précédé de LA PIERRE. Nouvelles extraites de *Le déserteur et autres récits* (Folio 2 € n° 3623)

PRÉLUDE DE PAN ET AUTRES NOUVELLES. Nouvelles extraites du recueil *Solitude de la pitié* (Folio 2 € n° 4277)

Dans la Bibliothèque de la Pléiade

ŒUVRES ROMANESQUES COMPLÈTES

TOME I : *Naissance de l'Odyssée – Colline – Un de Baumugnes – Regain – Solitude de la pitié – Le grand troupeau.*

TOME II : *Jean le Bleu – Le chant du monde – Que ma joie demeure – Batailles dans la montagne.*

TOME III : *Pour saluer Melville – L'eau vive – Un roi sans divertissement – Noé – Fragments d'un paradis.*

TOME IV : *Angelo – Mort d'un personnage – Le hussard sur le toit – Le bonheur fou.*

TOME V : *Les récits de la demi-brigade – Faust au village – Les âmes fortes – Les grands chemins – Le moulin de Pologne – L'homme qui plantait des arbres – Une aventure ou la foudre et le sommet – Hortense. Appendice : Le petit garçon qui avait envie d'espace.*

TOME VI : *Deux cavaliers de l'orage – Le déserteur – Ennemonde et autres caractères – L'iris de Suse. Récits inachevés : Cœurs, passions, caractères – Caractères – Dragoon – Olympe.*

JOURNAL – POÈMES – ESSAIS : *Journal (1935-1939) – Journal de l'Occupation – Poèmes – Village – Voyage en Italie – Notes sur l'affaire Dominici – La pierre – Bestiaire – Voyage en Espagne – Le badaud – Le désastre de Pavie – De certains parfums.*

RÉCITS ET ESSAIS : *Poème de l'olive – Manosque-des-Plateaux – Le serpent d'étoiles – Les vraies richesses – Refus d'obéissance – Le pouls du ciel – Lettre aux paysans sur la pauvreté et la paix – Précisions – Recherche de la pureté – Triomphe de la vie. Appendices : Sur un galet de la mer – Les images d'un jour de pluie – Élémir Bourges à Pierrevert.*

Impression Bussière
à Saint-Amand (Cher),
le 8 février 2007.
Dépôt légal : février 2007.
1ᵉʳ dépôt légal dans la collection : avril 1972.
Numéro d'imprimeur : 070529/1.
ISBN 978-2-07-036760-3./Imprimé en France.

149922